Nina Bouraoui

Geiseln

ELSTER

Nina Bouraoui

Geiseln

Roman

Aus dem Französischen
von Nathalie Rouanet

ELSTER

Für Jean-Marc Roberts

Ich heiße Sylvie Meyer. Ich bin dreiundfünfzig Jahre alt. Ich bin Mutter zweier Kinder. Ich lebe seit einem Jahr von meinem Mann getrennt. Ich arbeite bei Cagex, einem Gummiunternehmen. Ich bin für die Produktionskontrolle zuständig. Ich bin nicht vorbestraft.

Ich kenne keine Gewalt und habe nie Gewalt erfahren, keine Ohrfeigen, keine Schläge mit dem Gürtel, keine Beschimpfungen, nichts. Selbst die Gewalt in uns, die wir auf den anderen, auf die anderen übertragen, selbst die ist mir fremd.

Das ist ein Glück, ein großes Glück. Wenigen von uns geht es so, das ist mir bewusst. Natürlich weiß ich von der Gewalt auf der Welt, aber sie geht mir nicht unter die Haut.

Ich habe meinen Schutzmantel, so bin ich nun mal: Ich erkenne das Böse. Ich lasse mich nicht vergiften. Ich habe mein Inneres zu einer Festung gemacht. Ich kenne jede Kammer, ich kenne jede Tür. Ich kann sie schließen, wenn ich sie schließen muss, öffnen, wenn ich sie öffnen muss. Das funktioniert gut.

Freude will erworben sein. Sie fällt nicht vom Himmel. Freude, das sind unsere Hände in der Erde, im Schlamm, im Lehm, dort können wir sie greifen und erfassen.

Ich habe diese Freude gesucht, wie besessen, doch wenn ich sie mal gefunden hatte, ist sie mir wie ein Vogel wieder entflogen. Ich habe mich damit abgefunden und weitergemacht, ohne mich allzu sehr zu beklagen.

Klagen belastet mich und die anderen. Es ist auch banal und kostet nur Zeit.

Meine Zeit ist begrenzt und kostbar. Ich fühle mich so oft getrieben, gehetzt. Manchmal würde ich lieber die Wolken am Himmel vorbeiziehen sehen oder auf dem Waldboden liegen, mit geschlossenen Augen, das Feuer der Erde spüren.

Ich liebe die Natur. Ich glaube an sie, wie andere an Gott glauben. Es ist dieses Gefühl von Fülle, das Empfinden von Größe, jedes Mal dieses Staunen: das Geheimnis der Jahreszeiten, die Tiefe der Ozeane, die Wucht der Gebirge, die Farbe des Sandes und des Schnees, der Duft der Blumen und der Moose im Wald, die unendliche Weite, die uns so klein erscheinen lässt.

Ich bin nie zusammengebrochen, niemals, auch nicht, als mein Mann vor einem Jahr gegangen ist. Ich habe standgehalten. Ich bin stark, Frauen sind stark, stärker als Männer, sie verinnerlichen das Leid. Für uns ist Leiden normal. Es ist Teil unserer Geschichte, unserer Geschichte als Frauen. Und es wird noch lange so sein. Ich sage nicht, es ist gut so, aber ich sage auch nicht, es ist schlecht. Es ist sogar von Vorteil: Wir haben keine Zeit, lange zu jammern. Und wenn wir keine Zeit haben, gehen wir zum Nächsten über. Erledigt. So stören wir niemanden.

Als mein Mann mich vor einem Jahr verlassen hat, habe ich geschwiegen, ich habe nicht geweint, habe nichts an mich herangelassen und nichts rausgelassen, wie bei der Gewalt war ich die Ruhe selbst.

Es kam wie aus dem Nichts, schließlich waren wir mehr als fünfundzwanzig Jahre zusammen. Fünfundzwanzig Jahre sind eine lange Zeit. All diese Jahre bestehen aus Gewohnheiten, auch aus Liebe, aber, seien wir ehrlich, vor allem aus Gewohnheiten, aus einer Reihe von Alltäglichkeiten. Es ist wie bei einem Band, das wir ausrollen und das sich unaufhörlich weiter entrollt, kein Ende in Sicht, und nur manchmal denken wir an dieses Ende, ohne wirklich daran zu glauben.

Dieses Band hat eine Farbe. Blassgelb sehe ich das Leben mit meinem Mann. Es war nicht sonnig, eher diesig, es lief so dahin, aber es lag immer etwas in der Luft, ein drohendes Unheil. Und ich hatte recht, eines schönen Morgens wachte er auf und sagte: »Ich gehe.«

Ich habe nichts gesagt. Ich bin in die Küche gegangen, habe das Frühstück gemacht, wir haben mit unseren beiden Jungs gefrühstückt, als wäre nichts geschehen, danach habe ich wie immer sehr schnell geduscht.

Wenn ich sage »sehr schnell«, dann meine ich, dass ich mir nicht einmal die Zeit zum Genießen nehme. Keine Zeit. Das ist ein Fehler, denn der Genuss kann ein Weg sein, der Wirklichkeit zu entfliehen.

Zwischen meinem Mann und mir war eine Wand. Eine Wand, die sich nach und nach aufgebaut hatte. Anfangs war es nur eine dünne Linie, dann eine kleine Stufe. Wir sahen einander noch, aber jede Annäherung ließ uns straucheln.

Die Stufe wurde höher und höher, jeder blieb auf seiner Seite, aus Angst, sich zu verletzen. Unsere Hände berührten sich noch, aber das kostete Kraft. Der Mörtel wurde undurchdringlich. Schon bald haben wir einander nicht mehr angesehen, nicht mehr gesehen, nicht mehr gespürt. Die Wand war da, und sie wuchs weiter.

Es war vorbei, wir sprachen es nicht aus, aber im Grunde wussten wir es beide. So etwas weiß man immer. Auch wenn man es nicht wahrhaben will. Es stimmt nicht, dass man überrascht ist, wenn der andere geht. Das stimmt nicht. Mitunter hofft man sogar darauf, ohne es sich einzugestehen. Oder man provoziert es, und jede Geste führt zum Ende, auch jedes Wort.

Zu dieser Wand haben wir beide beigetragen. Mit Sand, mit Wasser, mit Kies und mit Stahl, damit sie schön fest ist und nichts sie einreißen kann.

An dem Tag, als mein Mann mir eröffnete, dass er geht, habe ich nicht geweint. Es war eine Nachricht wie jede andere, sie hätte aus den Abendnachrichten sein können: wie die Arbeitslosenstatistik, die Erderwärmung, die Preissteigerung, der Krieg. Wichtig und unwichtig zugleich. Es war ein Teil des Tagesgeschehens und nicht meines Privatlebens. Das war das Befremdlichste daran. Mein Mann verließ mich, und ich hatte den Eindruck, er verlässt eine andere. Ich fühlte mich nicht betroffen, oder kaum. Das war nicht wirklich er, und das war nicht wirklich ich. Er ging, aber die Wand, die blieb. Und ich habe ihn nicht einmal gehen sehen. Es war einfach nur ein Satz, nur so wie zum Beispiel: »Vergiss nicht,

Brot zu kaufen, die Stromrechnung zu zahlen, die Wäsche aus der Reinigung zu holen.« Sprache an sich ist bedeutungslos, wenn man nicht verstehen will. Die Worte werden leicht wie Seifenblasen, sie steigen auf und zerplatzen.

Nach dem Satz meines Mannes habe ich meinen jüngeren Sohn zur Schule gebracht und bin zu Cagex gefahren. Ich stempelte ein, ging in meine Abteilung, überprüfte alles, die Maschinen, die nach und nach eintreffenden Angestellten, meine Bienen.

Es war kein besonderer Tag, aber auch kein ganz gewöhnlicher, denn mir war schon klar, dass etwas geschehen war, dass mein Mann beschlossen hatte, mich zu verlassen, aber es schmerzte nicht allzu sehr, es war wie ein Steinchen im Schuh, ein Steinchen, das man aushält, weil man nie Zeit hat, es zu entfernen. Also verschiebt man es, »später, später«, sagt man sich, aber das Später kommt nie, man lässt das Steinchen, wo es ist, und denkt nicht mehr daran: Es gehört jetzt zu uns.

Wenn ich es mir recht überlege, ist doch etwas geschehen: Ich habe meinen Platz im Bett gewechselt. Ich habe mich nicht in die Mitte gelegt, wie es andere Frauen getan hätten, nein, ich habe seine Seite eingenommen, die linke: mein Körper auf seinem Körper, der nicht mehr da war, meine Haut auf seiner Haut, deren Berührung ich nicht mehr spürte, mein Atem im Einklang mit seinem Atem, den ich nicht mehr hörte, mein Rücken, meine Lenden, mein Po auf ihm, aber er war nicht da. Nur manchmal dachte ich, er wäre da, er wäre die Mulde, die ich ausfüllte.

Ich war traurig, gab es aber nicht zu. Ich glaube, dass sich in diesem Moment etwas in mir gelöst hat. Nichts Schlimmes, eher wie eine Art Riss, der sich Zeit gelassen hatte und sich jetzt auftat. Durch diesen Riss ist alles eingedrungen, unmerklich, systematisch. Wie in der Natur. Alles passte zusammen, war im Gleichgewicht.

Alles war so logisch, so dermaßen logisch. Es schwelte im Verborgenen, aber die Explosion bahnte sich an. Die Last der Aufgaben, die Kontrolle der Angestellten, die Angst vor der Zukunft, die offenen Aufträge, die verlorenen Kunden und jene, die es anzuwerben galt: All das türmte sich auf.

Ich war zum Resonanzkörper meines Chefs geworden. Victor Andrieu. Er hatte sich angewöhnt, sich mir mehr und mehr anzuvertrauen, na gut, »anvertrauen« ist ein großes Wort. Was er mir lieferte, war bar jeden Gefühls. Für mich haben Gefühle etwas mit Sanftmut zu tun. Es mag sein, dass ich mich täusche. Jedenfalls weckte er nicht gerade mein Mitgefühl. Er schüttete bloß seine Ängste aus. Und ich weigere mich, Angst zu den Gefühlen zu zählen, denn Angst erniedrigt uns, stellt uns auf eine Stufe mit den Tieren. Und ich will kein Tier sein; höchstens ein Hund, das Schoßhündchen meiner Söhne, nicht der Kläffer meines Chefs.

Victor Andrieus Angst wurde immer größer. Er konnte es nicht verbergen, sich nicht beherrschen. Bei einem Chef ist das ein Fehler. Er war eine Niete, fand ich, ein Loser. Er jammerte ununterbrochen: über seine schlaflosen Nächte, die Schulden und jetzt über die Firma, die ihn erdrückte. Aber keine Spur von Mitgefühl für uns. Er erleichterte sich, mehr nicht.

Sylvie, zu wenig Umsatz.
Sylvie, Sie müssen die Truppen motivieren.

Sylvie, ich verlasse mich auf Sie.
Sylvie, ich stecke in der Klemme.
Sylvie, der Staat geht mir an den Kragen.
Übrigens, Sylvie, nicht alle Chefs sind Mistkerle.
Sylvie, kein Profit, keine Lohnerhöhungen.
Sylvie, wenn ich untergehe, gehen Sie mit.
Sylvie, mehr Kraft, eiserne Kraft.
Verschaffen Sie sich Respekt, verdammt noch mal!
Sylvie, nach so langer Zeit sind wir doch wie eine Familie.
Sylvie, ich habe vollstes Vertrauen in Sie.
Ich zähle auf Sie.
Sylvie, Sie kennen unsere Angestellten besser als ich.
Sylvie, wir beide stehen doch auf der gleichen Seite.
Los, Kleine, auf geht's! Weiter so, nur nicht nachlassen.
Sylvie.

Es war immer das gleiche Lied, ich achtete schon nicht mehr darauf. Victor Andrieus Art, jemanden in die Enge zu treiben, kannte ich in- und auswendig. Er war kein Chef mehr, sondern ein Meister der Grausamkeit. Dafür hatte er Talent. Und ich konnte mir schließlich nicht aussuchen, auf welcher Seite ich stand. Ich sorgte dafür, dass bei Cagex alles gut funktionierte, und stand trotzdem unter der Aufsicht meines Chefs, wie der Schatten des Körpers meines Mannes in der Nacht unter dem Gewicht meines Körpers lag.

Ich respektierte Hierarchien.

Ich habe meine Arbeit immer geliebt, besser gesagt: Ich habe Arbeit immer geliebt, die Anstrengung, die Genauigkeit, die

Pünktlichkeit, die Konzentration und auch die Routine. All das macht mir keine Angst. Die Routine in meiner Arbeit gibt mir Sicherheit. Ich fühle mich lebendig, nützlich. Ich habe meinen Platz gefunden, vielleicht nicht den besten aller Plätze, aber einen Ort, an dem ich wachsen kann – wie eine Pflanze mit ihren winzigen Verästelungen. Ich verlange nichts Großartiges, nur »ein friedliches Plätzchen«: mein Einkommen, ein Dach über dem Kopf und vor allem ein reines Gewissen; ruhig schlafen können, nicht zu viele Sorgen haben.

Arbeit ist eine Möglichkeit, glücklich zu sein oder wenigstens dem Glück näher zu kommen. Und selbst wenn das Glück ein dunkler Kontinent sein mag, der schwindet, wann immer man glaubt, ihn erreicht zu haben, ich möchte daran glauben. Glück lässt uns träumen. Ich liebe die Fantasie. Ich stelle mir zum Beispiel vor, im Lotto zu gewinnen, auch wenn ich nicht jede Woche spiele. Ich rechne mir alles genau aus: die Kombinationen, die Wahrscheinlichkeit, wie ich meinen Gewinn verteile; auf die wenigen Menschen, die ich liebe, auf wohltätige Vereine, auf den Fiskus. Ich sehe mich sehr wohl in einem größeren Haus mit einem schönen Garten. Ich würde nicht aufhören zu arbeiten, aber ich würde sicher reisen. Ich kenne nichts von der Welt. Es ist frustrierend, sich einzugestehen, dass noch so viel zu entdecken ist, zu erkunden, vielleicht zu bewundern. Wie können wir wissen, ob das Land, in dem wir leben, wirklich zu uns passt? Ich weiß es nicht, also träume ich von Dünen, Fjorden und Pyramiden, von Wunderquellen und milchweißen Wellen. Und in der Nacht wiederhole ich oft meine Zauberformel: Kuala

Lumpur, Ulan-Bator, Acapulco, Bora Bora; Kuala Lumpur, Ulan-Bator, Acapulco, Bora Bora.

Arbeit heißt Verankerung, das Schiff am Kai, Sicherheit. Nicht »wohin der Wind uns trägt«, sondern hier, ganz konkret. Ich habe keine Angst vor den Mühen, den Zweifeln, der Müdigkeit. Ich sage mir, dass es immer eine Lösung gibt, dass man sich zu oft das Leben verkompliziert. Die Leute lieben es, sich das Leben zu verkomplizieren.

Arbeit bedeutet, eine Rolle zu haben, am Lauf der Welt teilzunehmen. Es bedeutet, mit nur einem Ticket mehrere Runden im Riesenrad zu drehen.

Ich weiß, es ist Wunschdenken, aber mir gefällt der Gedanke, dass wir Arbeiter alle vereint sind und gemeinsam die Dinge vorantreiben.

Ich habe vor einundzwanzig Jahren bei Cagex angefangen. Ich bin die Karriereleiter Stufe für Stufe emporgestiegen. Victor Andrieu hat mir voll und ganz vertraut. Und ich habe es ihm gedankt. Immer pünktlich, ein Arbeitstier, nahe an den Mitarbeitern; ich wurde zur Gewerkschaftsvertreterin gewählt, dann zur Supervisorin meiner Abteilung, der Produktionskontrolle, befördert, bekam monatliche Prämien und erntete manchen Beifall bei den Jahresabschlussversammlungen. Mir gelang der Spagat zwischen den Angestellten, zu denen ich gehörte, und der Direktion, die mir eine Art unsichtbare Macht anvertraut hatte.

Ich verschaffte mir Gehör ohne Schreien, ohne Druck, ohne Drohungen. Vor allem die Mädels, die Arbeiterinnen, sahen mich als ihresgleichen an. Wir waren auf Augenhöhe. Ich habe nie jemanden erniedrigt, niemals. Alles lief wie am Schnürchen. Gummi würde man immer brauchen. Wir fühlten uns nicht wirklich bedroht, trotz der Krise, die sich im Laufe der Jahre bemerkbar gemacht hatte. Wir waren gut aufgestellt. Zwar stiegen die Nebenkosten, aber wir kamen zurecht. Und ich wollte nicht negativ denken. Auf keinen Fall. Schließlich habe ich zwei Söhne zu ernähren. Ihr Vater ist weg, er gibt, was er kann. Ich bin nicht böse auf ihn, zumindest dachte ich das. Ich weiß, man darf nicht alles vermischen, aber trotzdem, es muss einen Grund für meine Tat geben, den eigentlichen Auslöser. Es ist nicht einfach so gekommen, ich bin nicht eines schönen Morgens einfach aufgewacht und habe mir gedacht: So! Heute Nacht wird Victor Andrieu die Rechnung für ein Festmahl erhalten, zu dem er nie geladen wurde.

Die Dinge passieren nicht auf einen Schlag. Sie müssen reifen, heißt es. Ich sage, sie kommen schichtweise. Alles hat seine Ordnung. Nichts ist wirr, alles ist bestimmt, es ist wie das Leben. Ich glaube an die logische Abfolge der Ereignisse. Das ist Wissenschaft. Wenn X kommt, ist Y nicht weit, und Z wird es ohne X und Y nicht geben. Das trifft genau auf meinen Fall zu, ganz genau.

Eines Morgens ist mein Mann gegangen, Victor Andrieu hat immer mehr Druck gemacht, und eines Abends, logischerweise, habe ich beschlossen, ein anderes Leben zu führen. Das Leben einer Frau, die freier ist als bisher. Es mag verrückt erscheinen, aber jemandem seine Freiheit zu rauben, hat meine eigene Freiheit gestärkt.

Ich war eigentlich nicht mehr frei. Jedenfalls fühlte ich mich nicht so. Ohne Liebe, ohne Begehren sind wir nicht frei, gar nicht frei. Wir sind gefangen in unserem Körper. Wir sind gefangen in der Gesellschaft anderer. Wir sind gefangen in der Welt. Liebe bedeutet Freiheit.

Mein Mann ist gegangen, weil er mich nicht mehr liebte. Er fühlte sich in einer Beziehung gefangen, die ihre Spannung verloren hatte. Da liegt mein X: Mein Mann hat mich verlassen. Still und heimlich hat sich etwas in mir eingenistet. Noch war keine Gewalt in mir, aber als mein Mann ging, keimte sie auf, verborgen, geschickt maskiert. Daher erkannte ich sie auch nicht gleich. Doch die Gewalt war da, und sie durchdrang alles, das Herz der Nacht und das Morgengrauen. Sie steckte tief in meinen Taschen, war auf meiner Haut, in meinen Augen und in meinen Träumen. Unauslöschlich wie Tinte. Sie nahm alle möglichen Formen an, alle Strukturen, füllte den Raum bis in die kleinste Lücke. Und sie trug einen Namen, den ich heute erkenne, einen schmerzhaften Namen: Stille. Das ist die gefährlichste Form der Gewalt. Wir glauben immer, Lärm sei Gewalt. Aber das ist falsch, das scheint nur so. Lärm, das ist Leben, es rast, es schlägt und ist da. Lärm, das ist das Herz und der Bauch. Lärm ist Zorn und Auflehnung. In mir und um mich war nur Stille. Sie war gefährlich. Ich habe nicht darauf geachtet. Die Stille störte mich nicht, sie ist an sich nicht störend, vor allem nicht nach langen Arbeitstagen umgeben von Maschinen, Verdichtern und Kompressoren, betäubt vom Krachen und Dröhnen, von Schmutz und Hitze.

Wenn ich nach Hause kam, umhüllte mich dort die Stille wie Seide. Ich räkelte mich darin, allein in meinem Bett auf dem freien Platz. Die Gewalt drang in mich ein. Ich hörte meine Söhne nicht mehr, ihre Worte, ihre Stimmen, alles glitt an mir ab. Die Gewalt wuchs und wuchs. Und plötzlich brach sie durch, als Victor Andrieu mich eines schönen Morgens in sein Büro bestellte.

Sylvie, ich habe eine Entscheidung getroffen.

Da läuft etwas nicht rund, ich brauche Ihre Hilfe.

Wirklich.

Und Ihre Diskretion.

Sie wissen, wie sehr ich Ihnen vertraue.

Oder?

Wissen Sie das, Sylvie?

Und ich bin anständig.

Wenn Sie mir helfen, protegiere ich Sie.

Das ist unser Deal.

Ich stehe zu meinem Wort.

Versprochen ist versprochen.

Cagex ist in Schieflage geraten. Am Anfang habe ich mir keine großen Sorgen gemacht, aber mittlerweile ertrinken wir in Schwierigkeiten, verstehen Sie?

Jeden Tag gibt es neue gefährliche Schwankungen.

Es handelt sich nicht mehr um kleine Ausreißer, sondern um riesige Wellen, Tsunamis, wenn Sie so wollen.

Ich habe viel nachgedacht.

Normalerweise bin ich ja eher gelassen.

Ich habe hin und her überlegt, habe das Für und Wider abgewogen, bin alle möglichen Investoren durchgegangen.

Aber wir bekommen keinen Kredit mehr, die Banken können wir vergessen.

Die glauben nicht mehr an uns.

Wie soll ich es sagen?

Es ist so einfach und gleichzeitig so kompliziert, Sylvie. Ich hasse sie alle.

Wirklich.
So, wie man eine Frau hasst, die einen nicht mehr will.
Geld hat mit Sex zu tun, wissen Sie? Nein, das wissen Sie nicht, außerdem komme ich vom Thema ab.
Es gibt Herrscher und Beherrschte.
Mit dem Geld ist es genauso, das ist die Logik des Geldes.
Und die Banken behalten die Oberhand. Also habe ich nachgedacht, und ich sehe nur eine Lösung.
Es ist hart, aber alternativlos.
Die Kosten kann ich im Moment nicht senken.
Ausgeschlossen.
Die Wirtschaftslage lässt das derzeit nicht zu.
Und wenn man bei den Zahlen nichts mehr tun kann, muss man auf der anderen Seite eingreifen.
Es ist bitter, aber ich sehe keine andere Lösung.
Also ja, wir greifen bei den Menschen ein.
Ich weiß, was Sie denken, ich weiß, ich habe auch so gedacht, mir wurde übel bei dem Gedanken, das können Sie mir glauben.
Aber jetzt sehe ich klar, was zu tun ist, wir müssen entscheiden, wen wir demnächst freisetzen.
Und genau da, meine liebe Sylvie, sind Sie am Zug.
Sie werden schmieden.
Ich erkläre es Ihnen: Nischen schmieden.
Ein schönes Bild, nicht wahr?
Herzerwärmend, finde ich.
Eine Nische ist größer als ein Nest, aber kleiner als eine Abteilung, beruhigend klein, man kann sich in sie zurückziehen und darin wachsen.

Und Sie werden eine Rolle spielen, Sylvie. Eine grandiose Rolle.

Sie werden zur Dirigentin, Sie geben den Ton und den Takt an, mehr noch: den bestmöglichen Ton und den bestmöglichen Takt.

Das ist keine Kleinigkeit, verstehen Sie?

Also, ich habe beschlossen, dass Sie diese Nischen füllen sollen.

Ja, Sie, Sylvie, und sonst niemand. Meine kleine Dirigentin.

Ich erkläre es Ihnen.

Finden Sie heraus, welche unserer Mitarbeiterinnen und Mitarbeiter Cagex schaden und welche nicht.

Wer sind die stärksten, wer die schwächsten?

Wer arbeitet ohne Wenn und Aber?

Wer kommt zu spät?

Wer kann sich anpassen, wer nicht?

Wer ist ein Störfaktor?

Wer schöpft seine Kapazitäten voll aus, wer arbeitet auf Sparflamme?

Wer möchte sich weiterentwickeln?

Wer schadet uns?

Ich will ein Ranking.

Das meine ich mit »schmieden«. Verstehen Sie mich, Sylvie?

Ja, ich weiß, Sie verstehen mich.

Sie sind eine kluge und gute Frau. Güte ist heutzutage so selten. Jeder schaut nur, dass er allein vorankommt, ohne an die anderen zu denken.

Aber erfolgreich ist man nur gemeinsam.

Allein ist man nichts.

Gar nichts.

Und ich bin nichts ohne Sie.

Gemeinsam gelingt uns das, da bin ich mir sicher.

Stellen Sie sich mal vor: Wir beide als Team.

Wie die Feuerwehr, genau, wir sind die Feuerwehr, die das brennende Haus rettet.

Hier, ich reiche Ihnen meine Hand, schlagen Sie ein.

Ich gehorchte. Hetzte, erhöhte den Druck. Ich erstellte Listen, legte Kategorien fest. Ich schmiedete. Anfangs widerwillig, aber ich kam meinen Verpflichtungen nach, Hand in Hand mit Victor Andrieu.

Ich lauschte, spionierte und notierte. Ich stellte Fragen und las die Leviten. Ein echter Bulle. Ich war zwar da, aber das war nicht ich. Der Riss war eine riesige Kluft geworden. Durch die alles strömte. Eine Flut von Gewalt. Ich erfüllte Andrieus Befehle, griff sogar vor. Ich folgte seinem System, erfand ein neues, noch leistungsfähigeres. Ich war richtig gut im Schmieden, große Kunst. Ich war stolz auf mich, stolz auf meine Boshaftigkeit. Ich war dabei, schlimmer als mein Chef zu werden, und mied nicht einmal mein Spiegelbild. Ich sah mir in die Augen und sagte zu mir: »Gut, Sylvie, weiter so, bleib deiner Linie treu, deinem Weg, du hast ein Ziel und wirst es erreichen, und selbst wenn du eines Tages glaubst, es erreicht zu haben, bleib dran, denn im Leben ist man nie angekommen, nie, das ist etwas für Versager, sie jammern oder haben Skrupel, aber du, du bist die Beste, du weißt, wohin es geht, und niemand kann dich aufhalten, und stimmt, es ist schade, wenn du Freundinnen verlierst, denn du hattest Freundinnen bei Cagex, aber waren es wirklich

Freundinnen? Haben sie sich die Zeit genommen, mit dir zu reden? Dich gefragt, wie es dir geht? Sich nach deinen Söhnen erkundigt? Nein, sie waren immer am Betteln, um einen freien Tag, um eine kleine Gehaltserhöhung: Ist das vielleicht Freundschaft? Also. Außerdem hast du praktisch keine Freunde mehr. Stimmt, ruft dich abends noch jemand an, seit dein Mann weg ist? Wirst du zum Aperitif eingeladen? Sogar deine Nachbarn sind verlegen. Und deine Jugendfreundinnen? Funkstille. Eine alleinstehende Frau ist eine Gefahr für andere Frauen. So lautet das Gesetz der Herde. Nach dem verlorenen Schaf wird nicht gesucht, es wird zurückgelassen. Vorbei die Sonntagsspaziergänge. Vorbei auch die vertrauten Gespräche unter Freundinnen. Du gehörst nicht mehr zu ihrem Leben, weil du nicht mehr im normalen Leben stehst. Freundschaft gibt es nicht. Es gibt immer Hintergedanken, versteckte Absichten. Und wenn nicht du diese Drecksarbeit machst, wird sie jemand an deiner Stelle machen und mit dir keine Nachsicht haben, keine Nachsicht. Nachsichtig ist man nur, wenn man liebt, und für Liebe ist in einem Unternehmen kein Platz – nur für Profit und Sicherheit; denn wir alle sitzen im gleichen Boot, wir alle haben Angst, eines Tages auf der Straße zu landen und zu krepieren, und du wirst auf die Straße gesetzt, wenn du Andrieu nicht gehorchst. Im Grunde erweist er dir sogar einen großen Gefallen. Er ist dein Verbündeter. Du hast einen aufrichtigen Blick, Sylvie, ich sehe, du bist auf der richtigen Seite. Auf der Seite der Sieger. Du hast es verdient. Du hast hart gearbeitet all die Jahre. Jetzt wirst du diese Nattern aufstöbern, die sich hier nur faul in der Sonne aalen. Und auf deine Gunst hoffen.

Und die Firma ruinieren. Cagex ist auch ein wenig dein Kind, Sylvie, nicht? Vergiss nie, dass du eine wahre Mutter bist. Also Schluss mit freundlich, Schluss mit flexibel. Damit ist es jetzt vorbei. Jeder für sich. Und du für dich.«

Ich habe mich verloren gefühlt, und da ist es passiert.

Es war an einem Morgen im November. Die Nacht war noch nicht der Dämmerung gewichen. Der Totenmonat erinnerte mich an meine Kindheit, die mir wie eine unverwüstliche Landschaft vorkam, mit ihren steilen Felsen und friedlichen Ebenen, ihren Glücksmomenten und Kummertagen.

Ich hüte mich vor Menschen, die nie an ihre Kindheit denken. Ob glücklich oder unglücklich, grau oder lichtdurchflutet, seine Kindheit darf man nicht vergessen. Einem Baum, der noch blüht, schneidet man nicht die Wurzeln ab.

Bilder meines Vaters tauchten auf: Mit nacktem Oberkörper trägt er mich auf seinen Schultern und lächelt in die Linse der Kamera, die meine Mutter vor uns hin und her schwenkt. Ein Anschein von Leben. Im Hintergrund meine drei Schwestern und mein Bruder, in Badekleidung, bei Ebbe am Strand.

Mein Vater sagte: »Sie ist weg«, und er meinte die Flut, aber der Satz stimmte mich traurig, weil ich dachte, dass er unsere Mutter meinte, dass er sie schon verloren hatte, als ob Männer und Frauen nicht füreinander geschaffen wären. Ich hörte sie nie streiten. Ich wusste aber, dass jeder für sich unglücklich war, erschöpft von Arbeit und Sorgen, da war für Leichtigkeit kein Raum, außer in dieser Ferienwoche, die wir gemeinsam verbrachten und in der wir so taten, als wären wir eine glückliche Familie.

Ich habe nie gesehen, wie sie sich küssten, sich in die Arme nahmen. Ich habe nie gehört, wie sie sich sagten: »Du bist schön, du gefällst mir, du hast mir gefehlt, komm nicht zu spät, mein Schatz, meine Liebe, ich brauche dich.« Ich habe nie gesehen, wie mein Vater meiner Mutter Blumen schenkte. Ich habe nie gesehen, wie meine Mutter in seinen Armen Zuflucht fand, mit ihm tanzte, über ein Geheimnis lachte.

Nie.

Daran dachte ich an diesem Novembermorgen und musste erkennen, dass auch ich nicht fähig gewesen war, meinen Mann zu lieben. Meine Eltern sind bis zum Ende zusammengeblieben. Damals ließ man sich nicht scheiden. Nicht in Liebe waren sie gefangen, sondern in vergangener Liebe. Jeder tut, wie er kann. Wie kann man sich ein Leben lang lieben? Wie kann man sich des anderen für immer sicher sein?

Mein Vater sagte mir oft, dass ich niemandem vertrauen soll. Die Menschen seien undankbar und diese Undankbarkeit sei das größte Elend. Er sagte mir auch, dass ich immer tüchtig arbeiten, mich nicht von einem Mann abhängig machen, einen richtigen Beruf erlernen soll, dass ich mich bei der Arbeit nicht erniedrigen lassen dürfe, wie es ihm so oft ergangen sei. Ich habe es nie vergessen. Nie.

Es gibt zwei Sorten Menschen. Gewinner und Verlierer. Manchmal sah ich mich als Gewinner, um mein Gewissen einzuschläfern, dabei habe ich viel verloren. Und das wenige, was ich noch hatte, habe ich zerstört.

Meine Jungs waren über die Ferien bei ihrem Vater. Ich war allein, aber nicht einsam. Da war diese neue Kraft in mir. Ich spürte sie im Bauch, dann am Hals; wie einen Würgegriff, wie eine Hand, die nicht losließ. Es nahm mir ein wenig den Atem, war aber nicht unangenehm. Das Blut pochte auf eine neue Weise in meinen Adern, und mir war leicht schwindelig.

Ich war noch in meinem Körper, aber ich fühlte mich irgendwie unbehaglich. Ausnahmsweise habe ich mir unter der Dusche Zeit gelassen.

Das warme Seifenwasser rieselte über meine Haut und umhüllte mich, ein Genuss, den ich viel zu lange vernachlässigt hatte. Mein Körper war plötzlich wieder da, unter meiner Hand, sanft, stark, empfänglich für das Begehren eines anderen. Nur war niemand anderes da. Ich habe mich gestreichelt, ohne Ergebnis. Kein Pochen mehr im Fleisch. Leblos. Ich spürte Wut in mir aufkommen. Nicht gegen mich. In meinem Innern. Und gegen meinen Mann. Schließlich hatte er das Beste von mir mit sich genommen: meine Jugend, meine Brüste, meinen Po, meine Taille, meine Energie. Ich hatte kein Verlangen nach einem anderen Mann. Ich wollte nur mich, aber konnte mich nicht befriedigen, nicht genießen. Ich war mir selbst fremd geworden.

Ich wählte eine weiße Bluse, eine helle, warme Strickjacke, einen beigefarbenen Rock, rote Schuhe und legte meinen weiten schwarzen Mantel bereit. Ich fühlte mich wohl. Als würde ich verreisen. Eine Reise ohne Wiederkehr in ein geheimnisvolles Land. Ich blieb länger als sonst vor dem Küchenfenster stehen, draußen war alles ruhig, die Gärten noch im Schlaf versunken, dichter Nebel wie ein Schleier über den kahlen Bäumen. Ich schenkte mir einen Kaffee ein, setzte mich auf den Tisch und starrte auf die Messer, die auf der Arbeitsplatte lagen. Ich suchte das schärfste aus, nicht zu lang, nicht zu kurz. Als ich es in meine Handtasche steckte, sagte ich laut: »Wenigstens habe ich das.«

Heute kenne ich den wahren Sinn dieses Satzes. Er bezog sich nicht bloß auf das Messer. Er bedeutete mehr als das.

Etwas, das nicht sofort sichtbar wird und wir deshalb nicht unmittelbar zu begreifen imstande sind. Etwas, das in uns als Sediment liegt, bevor es eines Tages heraufkommt als ein nicht einzudämmender Schwall. Alles, was sich im Laufe eines Lebens angestaut hat. Das macht einen Menschen aus, das ist seine wahre Natur.

»Das haben«, bedeutete, »das beschlossen zu haben«, auch wenn ich zu diesem Zeitpunkt noch nichts entschieden hatte.

Ich stieg in mein Auto und fuhr nicht zu Cagex, sondern in die entgegengesetzte Richtung. Ich fühlte mich noch immer unbehaglich, aber zufrieden mit mir selbst, als ob ich in einem Wettbewerb gewonnen hätte und dabei wäre, meinen Preis abzuholen. Um ehrlich zu sein, war ich glücklich, erleichtert. So ein Gefühl hatte ich seit Monaten nicht mehr gehabt. Im Radio lief dieses alte Chanson, von Alain Barrière:

»Tu t'en vas / comme un soleil qui disparaît, / comme un été, comme un dimanche, / j'ai peur de l'hiver et du froid, / j'ai peur du vide, de l'absence. / Tu t'en vas / et les oiseaux ne chantent plus, / le monde n'est qu'indifférence.«*

Ich sang laut mit und hatte trotz der Kälte die Fenster offen. Es tat so gut. Das Lied handelte von mir. *Tu t'en vas*, auch ich ging fort, weit weg von allem. Ich wollte alles hinter mir lassen. Verschwinden wie in diesen beklemmenden Geschichten: Sie war mal eben Zigaretten holen und kam nie wieder. Üblicherweise sind es die Männer, die gehen, die Frauen nur selten, wegen der Kinder vermutlich, wegen dieses Bandes, das zu trennen wir den Mut nie haben werden. Männer sind freier, von Beginn an. Ihnen fehlt diese unauflösliche körperliche Bindung zu ihren Nachkommen. Das unterscheidet sie von uns Frauen.

Mein Mann wollte immer Kinder haben. Er sagte: »Sie werden unser Ebenbild sein.« Eine dumme Formulierung. Jedes Kind ist sein eigenes Bild, einzigartig, unteilbar. Alles andere ist entweder egoistisch oder romantisch. Jedenfalls Humbug. Manchmal gerät ein Kind nur nach einem Elternteil. Das kommt vor. Die Natur ist voller Überraschungen.

Meine Söhne sind nach mir geraten, beide ein wenig

seltsam, ein wenig abwesend. Ich liebe sie dafür, meine Jungs. Sie sind nicht angepasst und werden es nie sein, aber sie sind auch nicht extrem, das wäre nicht gut für sie. Heutzutage ist bekanntlich alles Andersartige verhasst. Alles muss glatt und geordnet sein, sonst bist du erledigt, wirst nie erfolgreich sein, nie akzeptiert.

Es kommt selten vor, dass meine Jungs und ich uns küssen. Zärtlichkeiten liegen uns nicht. Ich bin eine gute Mutter, ich sorge für ihr Wohlergehen, ihre Sicherheit, ihr Vergnügen, aber Küssen ist nicht meins.

Ich habe am letzten Tag im Juni standesamtlich geheiratet. Ich war achtundzwanzig. Für meinen Man kam eine kirchliche Trauung nicht infrage. Ich bedaure das. Wenn man vor Gott verbunden ist, überlegt man es sich zweimal, bevor man sich trennt. Da bin ich mir sicher.

Manchmal glaube ich, manchmal nicht. Mir gefällt der Gedanke, dass Er da ist, über oder neben mir.

Mein Mann hasste es, wenn ich davon sprach. Er sagte immer: »Frag deinen lieben Gott, warum wir wie die Verdammten schuften müssen! Frag ihn, wie er den Kuchen verteilt hat! Warum uns nur die Krümel der anderen bleiben!«

Also keine Kirche, keine Orgel, kein Gelübde, kein Foto oben auf der Treppe, kein großes Kino, dabei liebe ich doch das Kino, also die Filme im Fernsehen, vor allem die romantischen Komödien. Manche sind so gut gemacht, dass man an die wahre Liebe glaubt, an die Hoffnung, sie eines Tages selbst zu finden, weil jeder Topf seinen Deckel findet.

Für das Hochzeitsmahl hatten wir uns für einen Garten entschieden. Eine lange Tafel auf dem Land, auf dem Bauernhof eines Freundes. Ich trug ein weißes Satinkleid, oben eng anliegend, ab der Taille ausgestellt. Ich fand es fabelhaft, fühlte mich wunderschön.

Ich kenne Bräute, die schon am Tag der Hochzeit ihren Entschluss bereut haben. Andere, bei denen sich die Liebe bereits nach ein paar Monaten in Luft auflöste, weil die Familie oder der Freundeskreis Druck ausübten. Wenn Paare heiraten, mischen sich alle ein, und wehe, man enttäuscht sie, das Urteil ist gnadenlos. Ich fühlte mich erfüllt, ausgeglichen, hatte weder Zweifel noch Ängste. Ich fand meinen Mann attraktiv, auch wenn keine richtige Nähe zwischen uns entstehen wollte, aus Schüchternheit vermutlich. Er gab mir Sicherheit, war gut gebaut, zuverlässig, treu – dessen war ich mir sicher, so was spürt man sofort bei einem Mann; deshalb schmerzte es mich umso mehr, als er ging.

Es war ein schöner Tag. Der blaue Himmel über uns beschützte mich. Wir waren viele. Lachende Stimmen vermischten sich, der Wein floss reichlich, es tat gut, den Rausch zu spüren, die Glut auf den Wangen, die weichen Knie beim Tanzen im frischen Gras.

Es war ein gelungenes Fest, keine Wolke am Horizont, unsere Familien verstanden sich, unsere Freunde auch. Das war Glück, es war da. Vielleicht nicht das große Glück, aber trotzdem Glück, selbst wenn es nicht lange anhalten sollte. Zum Tanzen hatte ich meine Schuhe ausgezogen. Ich wurde von Arm zu Arm gereicht. Ich wurde geküsst, beglückwünscht. Wozu eigentlich? Zu meinem Mann, der nicht übel war, fleißig, nicht so schlimm wie andere, aber doch austauschbar, wie ich es auch war? Nichts an uns war einzigartig, und wir gaben uns damit zufrieden. Und das stimmte mich plötzlich traurig. Wir waren weder unangepasst, noch stachen wir hervor, wir waren bloß Pünktchen unter Millionen anderer Pünktchen, die in Frankreich unter der Junisonne herumwirbelten.

Ich setzte mich auf den Rasen. Und da wusste ich es. Da spürte ich es. Das Omen. Es war nicht der Wein, nicht der kleine Glücksmoment, der mir zu Kopf gestiegen war, es waren nicht die sich anbahnende Sommerhitze, die Musik oder die Kinderjauchzer, nein, es war winzig klein und überdeckte doch alles: Ich hatte einen Kirschfleck auf meinem Kleid. Einen roten Fleck, der meinen Hochzeitstag vollständig in sich aufsaugte. Je mehr ich ihn anstarrte, umso größer schien er zu werden. Ich rieb mit einem nassen Geschirrtuch, mit Seife. Er ging nicht weg. Und ich wusste, dass er nie weggehen würde. Und wäre es mir gelungen, ihn zu entfernen, er wäre wiedergekommen. Der Wermutstropfen. Der eine Fleck, der alles zunichtemachte. Das Vorzeichen einer Katastrophe. Das war meine Hochzeit: Eine kleine Kirsche klebte sich auf mein Satinkleid, um mich zu warnen.

Mein Mann wollte mich küssen, presste seine Lippen auf meinen Hals, er hatte getrunken wie wir alle, ich fand ihn überdreht, hektisch, etwas töricht, ich stieß ihn zurück. Allein der Fleck zählte.

An diesem Novembertag fuhr ich schneller und schneller. Dann blieb ich stehen, stieg aus und rauchte eine Zigarette am Straßenrand. Kein einziges Auto kam vorbei, zu meinem großen Bedauern. Ich hatte das Bedürfnis zu reden, mit irgendjemandem, einem Mann, einer Frau, jung oder alt, einfach reden, nicht am Telefon, nicht nur in Andeutungen, wie ich mit meinem Mann oft redete, seit er weg war, nein, ein langes Gespräch über alles und nichts. Ich wollte mich endlich gesehen, gehört, verstanden fühlen. Es war schon traurig, und so musste ich mir eingestehen, dass es mir wirklich nicht gut ging.

Ich fuhr weiter, aber weniger schnell, ich hatte Angst vor einem Unfall, Angst wegen meiner Söhne, nicht meinetwegen. Der Tag schien nie angebrochen zu sein, schien in der Novembererde gefangen zu sein. Die Felder gaben mir Geleit auf meiner wilden Fahrt: Ein Ziel hatte ich nicht.

Ich dachte an Victor Andrieus »Nischen« und begriff, dass ich selbst zur schlimmsten Gruppe zählte: Ich gehörte zu denen, die mit verdeckten Karten spielten. Ich kehrte um und fuhr zu Cagex. Ich wusste, dass Victor Andrieu oft länger blieb, um ab- und nachzurechnen, um meine Listen zu prüfen, auf der

Suche nach »Unkraut« und »Schädlingen«, wie er sie gerne nannte.

Ich parkte neben den Werkshallen, ging die Allee entlang zu einer kleinen Tür, deren Schlüssel nur ich besaß. Ich stieg zwei Stockwerke hoch über die Fluchttreppe, die für den Brandfall vorgesehen ist. Ich öffnete eine zweite Tür, ging den Gang entlang, vorbei an der Verwaltung und der Buchhaltung. In seinem Büro brannte Licht, er war da, allein, da war ich mir sicher, denn der Betrieb schloss um achtzehn Uhr.

Als ich eintrat, hob er den Kopf und brüllte mich an.

Verdammt, Sylvie, wo waren Sie denn, für wen halten Sie sich?

Seit heute Morgen suchen wir Sie.

Was fällt Ihnen ein, sind Sie verrückt geworden?

Sie hätten sich wenigstens melden können.

Ich glaube, ich träume!

Ich habe Ihnen Dutzende Nachrichten hinterlassen.

Und wissen Sie was?

Ich habe mir nicht mal Sorgen um Sie gemacht, Sylvie. Ich bin einfach nur wütend, sehr wütend.

Um die ganzen Lieferungen musste ich mich allein kümmern. Glauben Sie, ich habe nichts anderes zu tun?

Also wirklich, als wenn das der richtige Zeitpunkt wäre.

Ich hoffe, Sie haben eine gute Erklärung. Und damit Sie es gleich wissen: Das wird Folgen haben.

Wenn Sie nachlassen, lassen alle nach. Das ist eine Frage der Verantwortung.

Wissen Sie, was das ist? VERANTWORTUNG?
Und sehen Sie mich bloß nicht mit diesem Blick an.
Ein Wahnsinn ist das. Sollten Sie nicht ein Vorbild sein?
Und noch was: Ihre Listen, lauter Schwachsinn!
Der Anfang geht noch, aber dann verstehe ich gar nichts mehr.
Was soll dieses Gekritzel?
Diese Streichungen, diese Pfeile, diese Fragezeichen?
Als hätten wir Zeit, zu zögern und zu zweifeln.
Eine Zehnjährige könnte das besser.
Ich weiß, Sie haben private Probleme. Übrigens, habe ich Ihnen nicht gesagt, dass Sie jederzeit damit zu mir kommen können? Dass ich zu Zugeständnissen bereit bin, einem Kurzurlaub oder einer kleinen Atempause? Aber nein, Madame hält sich für etwas Besseres, für unbezwingbar.
Offenbar irrt Madame.
Ich war doch immer für Sie da, oder nicht?
Oder nicht?
Ich kann Leute nicht ausstehen, die nicht reden. Ich halte das nicht aus.
Reden ist wichtig.
Ich habe Ihnen immer alles gesagt, ich habe mit offenen Karten gespielt, immer.
Ich dachte, wir wären ein Team.
Wirklich.
Und jetzt muss ich feststellen, dass ich Ihnen absolut nicht trauen kann.
Wie Sie wollen.

Sagen Sie nichts. Schweigen Sie nur.
Ich glaube, ich will von Ihnen heute ohnehin nichts hören.
Ich bin enttäuscht, Sylvie, sehr enttäuscht.
Enttäuscht und auch erstaunt.
Also verlassen Sie jetzt mein Büro.
Wir reden morgen darüber.
Heute Abend brauche ich Ruhe.
Fahren Sie nach Hause, und suchen Sie in Ihrem Spatzenhirn nach einer guten Erklärung.
Und hören Sie auf mit diesem Getue!
Hier sind Sie wie die anderen.
Alle im selben Boot.
Ich beschütze die gewissenhaften Mitarbeiter.
Nicht die durchgedrehten. Aber so was von durchgedreht! Sorry, aber das ist das erste Wort, das mir einfällt, wenn ich Sie so ansehe.
Haben Sie mal in den Spiegel geschaut?
Haben Sie geheult, oder was?
Durchgedreht und auch noch wehleidig.
Ich hasse so was.

Letztendlich bin ich nicht gegangen, ich muss verrückt gewesen sein, Victor Andrieu hatte recht. Genau das war mein Problem, ich bin ausgerastet. Mir wurde wieder schwindelig, und ich musste mich setzen. Er tat, als wäre ich nicht mehr da. Ich legte meine Handtasche auf meinen Schoß. Öffnete sie. Ich hatte den Mantel anbehalten. Ich sagte nichts. Ich fand keine Erklärung. Dabei hatte ich ein großes Bedürfnis zu reden und wusste exakt, was ich ihm sagen wollte. Exakt. Wie ein Wollknäuel, das man abrollt: »Ich erklär dir, was los ist, mein Lieber. Du erlaubst doch, dass ich dich so nenne? Wir kennen uns nun schon sehr lange. Und ich habe viel Zeit mit dir verbracht. Insgesamt mehr Zeit als mit meinem Mann. Ich übertreibe vielleicht ein bisschen, aber ich liege nicht weit von der Wahrheit entfernt, und du weißt, wie viel mir die Wahrheit bedeutet. Klar weißt du das, deswegen hast du ja mir diese Drecksarbeit aufgetragen. Die kleine Sylvie ist immer zur Stelle. So klein bin ich auch wieder nicht. Nein, wirklich nicht, nicht wie du, du kleine Niete. Ein Wahnsinn eigentlich: mehr Zeit mit dem Chef als mit dem eigenen Ehemann zu verbringen. Das ist unsinnig und unmenschlich. Was wir wirklich brauchen, sind die Menschen, die wir lieben, nicht die, die uns schuften lassen. Und weißt du, warum, mein Lieber? Natürlich ist Arbeit wichtig, mir war sie immer wichtig, ich habe sie ernst genommen, und mir war bewusst, wie viel Glück ich hatte. Aber etwas daran stört mich, nein, schlimmer, verletzt mich. Ein starkes Wort, ›verletzen‹, kraftvoll, dabei weißt du ja, dass ich nicht sehr gebildet bin, aber ich hatte immer schon ein Gespür für das treffende Wort, glaube ich zumindest, eine kleine Gabe, übrigens die einzige, die ich besitze, und ich bin stolz darauf. Also ›verletzt‹. Warum? Arbeit ist und bleibt Unterwerfung. Ehrlich, da ist doch etwas faul daran. Natürlich bringt Arbeit Geld, und Geld bringt Freiheit. Aber eine bedingte Freiheit, wenn man alles richtig abwägt. Verstehst du? Als Kind habe ich gerne mit der Waage meiner Großmutter gespielt. Da waren zwei kupferne Schalen, ich legte eine Handvoll Bohnen in die eine und eine Handvoll Bohnen in die andere. Ich spielte Kaufmannsladen, ein wenig wie du heute. Du willst wirklich eine Erklärung? Ich habe keine – oder doch, jede Menge, aber ich glaube nicht, dass du mich verstehen würdest. Du willst wissen, ›was mir einfällt‹? Wie meinst du das, Victor? Verstehe ich nicht. Du findest mich durchgedreht? Vielleicht hast du recht. Jeder von uns hat seine Macken. Du sicher auch. Was mag das wohl bei dir sein? Kleine Mädchen? Zwielichtige Internetseiten? Nutten? Ich verurteile dich nicht, das ist nicht meine Art. Du hast keine Ahnung. Du kennst mich nicht, Victor. Du weißt nichts von mir. Auch nicht, wozu ich fähig bin. Hier, ich habe ein Messer in meiner Handtasche. Wie in einem schlechten Film, nicht? Tja, es passiert nicht nur den anderen. Noch habe ich keine Entscheidung getroffen, aber ich werde dich nicht gehen lassen. Ich habe noch eine

Rechnung mit dir offen. Einen großen Brocken, schwer zu schlucken. Ich habe Lust, dir Angst einzujagen. Du sollst sie spüren. Nicht nur einen kleinen Schreck. Nein, echte Angst. Die dir den Atem nimmt. Die dich nachts aus dem Schlaf aufschreckt. Dich am Weiterkommen hindert, deinen Lauf hemmt. Eine Angst, die Vertrauen und Liebe zerstört. Eine Angst, wie du sie nie empfunden hast. Du kennst sie nicht, die Angst, Mangel zu leiden? Die Angst, alles zu verlieren? Und anderen nicht mehr in die Augen schauen zu können? Mit leeren Händen dazustehen? Die Angst, lebendig tot zu sein. Ich bin dir böse, Victor. Du kannst dir nicht vorstellen, wie sehr. Ich bin dir böse, weil du meine Wand zerstört hast. Nicht die zwischen meinem Mann und mir, nein, die ist mein Problem, sondern die andere, die Wand, die niemand einreißen darf. Die Wand zwischen Gut und Böse. Früher stand ich auf der richtigen Seite. Ich war nicht perfekt, ich hatte meine Schwächen, aber ein reines Gewissen. Ich zog eine Linie, nein, ich ging auf einer geraden Linie, nicht auf den Abwegen, die zu abwegigen Zielen führen; ich ging auf der guten, geraden Geburt-Schule-Arbeit-Heirat-Familie-Linie, bis zum Tod, ohne allzu viel Schaden anzurichten. Aber du hast mich erpresst, und was noch schlimmer ist: Du hast in mir die Lust auf Macht geweckt. Auf diese echte Macht, die andere zerstören oder retten kann. Die dich beim Aufstehen beflügelt. Die dich größer und stärker macht. Die dir ein Gefühl der Überlegenheit gibt. Das Gefühl hat bei mir nicht lange angehalten, aber doch lange genug, um daran zu glauben. Es war für mich berauschend. Schlimmer noch: Es war erregend. Ich habe es geliebt. Ich dachte unaufhörlich daran. Und weißt du, warum? Weil ich dachte, ich hätte an Würde gewonnen, wäre jetzt wer, lebte endlich. Aber das Gegenteil war der Fall. Ich war eine Niete geworden. Wie die Leute, die ich verabscheue, die aus der Not anderer Nutzen und Befriedigung ziehen. Du dachtest, du würdest mich glücklich und stark machen. Du hast dich getäuscht. Mich getäuscht. Ich liebe den Wind in den Bäumen. Laufe gerne barfuß in meinen Schuhen. Ich liebe leichte Musik. Und wenn ich an meine Söhne denke, sehe ich mit Stolz, dass ich ihnen Respekt beigebracht habe. Ich mag es, wenn die Zeit stehen bleibt und ich merke: Jetzt gerade geht es uns gut, es ist gut, es tut gut, es ist zwar nicht großartig, aber wir schaffen das, wir haben nichts Schlimmes getan, wir sind nicht schuldig. Aber du, du hast den Faden zerrissen. Er war so dünn, unsichtbar für dich. Es war mein Spinngewebe. Ich hatte so lange daran gesponnen. Ich bin dir böse, weil du mein Glück nicht verstanden hast. Ein mittelmäßiges Glück, aber doch lebendig.«

Nur brachte ich kein einziges Wort heraus. Ich sah Victor Andrieu an und senkte den Blick. Wir wussten beide, jetzt geschieht etwas. In meinem Kopf war es Nacht, als hätte ich die Welt um mich herum verinnerlicht.

Ich habe nur noch wenige Erinnerungen an diese Nacht mit Victor Andrieu, wenige Bilder, wenige Gefühle, außer dass ich von einer Finsternis überkommen war, die ich nie zuvor empfunden hatte. Oder doch; und ich weiß auch noch, wann, aber davon kann ich nicht sprechen, es ist zu früh, auch zu wuchtig, diese Gewalt habe ich satt, es ist jedes Mal, als ob man mir eine Ladung Sand ins Gesicht werfen würde, und der Sand sticht, auf der Haut, in den Augen, unerträglich, und ich habe es satt zu leiden, das habe ich nicht verdient, nein, wirklich nicht.

Ich will nicht als Opfer dastehen, das ist nicht mein Stil, ich hasse diese Opferrolle, sie ist passiv, und ich bin, wie gesagt, eine starke Frau, und was die Geschichte mit Andrieu betrifft, das ist kein Eingeständnis von Schwäche, ganz im Gegenteil: Ich wollte ihm zeigen, dass man die Schwachen nicht ständig unterdrücken kann. Ein Chef kann sich nicht alles erlauben, nein, nicht mit meinen Bienen, Macht steht nicht über dem Gesetz – und schon gar nicht über der Moral. Eben das war das Schockierende an der Idee mit den Nischen, die Moral: Ein Typ hinter seinem Schreibtisch glaubt, er stünde über allen, Männern und Frauen. Er erlaubt sich, auf ihnen herumzutrampeln, mit ihren Nerven zu spielen, sie zu demütigen, denn es ist immer eine Demütigung, an der Arbeit anderer zu zweifeln, und das macht alles nur noch schlimmer, da ist Gefahr im Verzug. Es sind vielleicht nur kleine Stiche, aber nach hundert kleinen Stichen krepiert man einfach.

Man stirbt nicht wirklich, man hält noch durch. Man wacht auf, wäscht sich, isst, fährt die Kinder zur Schule, stempelt ein, macht sich an die Arbeit, aber tief drinnen ist alles tot, auch die Handgriffe sind tot, es ist vorbei mit der Leistung, man sabotiert sich selbst: Da ist Gefahr im Verzug.

Das wollte ich Victor Andrieu sagen, nur das, diese Ungerechtigkeit wollte ich aufdecken: Er hatte seine Macht missbraucht, um Unschuldige zu vernichten. Ich wollte ihn nicht verletzen, aber ich wollte ihm Angst einjagen, damit er verstand. Er hatte die besseren Karten, er hatte nicht nur Macht und Geld, sondern auch Bildung, und mit Bildung geht auch Moral einher, das ist logischerweise Teil des Pakets. Es kann sein, dass ich mich irre, aber ich werde immer mehr Verständnis haben für einen Ungebildeten, der zum Halunken wird, als für einen gebildeten Typen, der zum Dreckskerl wird, auch wenn ich beide für untragbare Schurken halte. Den einen kann ich gerade noch verstehen, nicht akzeptieren oder entschuldigen, aber verstehen; doch beim anderen kommt die Bildung als erschwerender Umstand hinzu: keine Vergebung für die Wissenden, die von Kind auf beschützt wurden, deren Weg geebnet war und denen es an nichts gefehlt hat. Ich will damit nicht sagen, dass alle Chefs Arschlöcher sind, ich finde nur, sie sollten vorbildlich und gerecht sein. Andrieu war das nicht mehr, sein Superchef-Kostüm war ihm zu groß geworden, er hat gelogen, ich kenne die Zahlen, er hat versucht, auf Kosten anderer ein bisschen mehr Profit zu machen, im Namen dieser »Krise«, auf die in letzter Zeit übrigens immer mehr geschoben wird: Ja, die Krise, das ist der neueste Trend, die Weltkrise, Wirtschaftskrise, Finanzkrise.

Aber unsere Krise, die uns einen Pfahl in die Seele treibt, sie ist die wahre Krise: die seelische Krise, die uns schon im Morgengrauen in Panik versetzt und lähmt, weil wir nicht wissen, was morgen wird, und wir uns vor der Arbeit fürchten, vor den schlechten Arbeitsbedingungen und vor dem fatalen Satz: »Personalfreisetzung, tut mir leid, wir müssen uns von Ihnen trennen, ich kann nichts mehr für Sie tun, eine Abfindung ist nicht drin, Endabrechnung, regeln Sie das mit der Buchhaltung, nicht böse sein, ich kann nicht anders.« Und genau dieser letzte Satz machte mich wahnsinnig: »Ich kann nicht anders.«

Natürlich kann man anders, es gibt immer einen anderen Weg, den muss man nur suchen, aber auch dazu braucht man Moral, und man braucht ein Herz; Victor Andrieu hatte kein Herz aus Stein, nein, er hatte ein Loch an der Stelle, ein riesiges Loch, wie bei einem Produktionsfehler.

Herzlos war er übrigens nicht nur im Betrieb. In einer kleinen Stadt wie Périgueux kennt doch jeder jeden, Gerüchte verbreiten sich schnell, und ich kann sagen, dass es Andrieu auch privat an Moral mangelte, mehrmals geschieden, ständig Affären. Klar, er macht mit seinem Leben, was er will, aber ich weiß, dass er eine Vorliebe für junges Gemüse hat und dass seine letzte Frau, die Arme, mit der Zeit aus dem Leim gegangen ist. Und außerdem ging er sehr schlampig mit seinen Unterhaltszahlungen um. Ich weiß das alles, ich machte ja seine Buchhaltung, ich habe sie gesehen, die Anwaltsbriefe, Mahnungen, Strafanzeigen, auch die Schulden, Spielschulden, glaube ich, ich bin mir nicht sicher, jedenfalls dürften ihn seine »kleinen Süßen«, wie er sie nennt, recht teuer zu stehen kommen, denn er fragte mich einmal, ob ich die Marke Balenciaga kenne und was ich davon halte und ob das nicht zu viel für eine Siebzehnjährige sei. Ich urteile nicht, aber so, wie er sich privat verhielt, war er auch in der Firma, und es war schließlich auch unsere Firma. Ohne uns war er nichts, erledigt, er hatte keine Ahnung von Gummi, von Reifen, von den Maschinen. Er hätte sie gar nicht bedienen können, und er hätte es auch gehasst, sich seine feinen Hände und seine feinen himmelblauen Hemden schmutzig zu machen. Schmutz ist was für die anderen, nicht für ihn.

Bei Dreck bin ich mit Feuereifer dabei, wie gesagt, ich liebe Arbeit, ich scheue keine Mühen, und wäre es möglich gewesen, hätte ich Überstunden gemacht, das war nicht das Problem, Arbeit beschäftigt den Geist und, um ehrlich zu sein, ich hatte nichts anderes zu tun, seit mein Ehemann gegangen war, der Job war mein Liebhaber geworden; aber ohne den Respekt seines Chefs zu arbeiten, das geht nicht. Ich weiß, es klingt seltsam, wenn ich sage, dass der Job mein Liebhaber geworden war. Es klingt so dahingesagt, aber ich kenne die Bedeutung. Wie gesagt, ich hatte nie einen Liebhaber, ich war meinem Ehemann treu, er war eben »mein Mann«.

Ich sage gerne »mein Mann«, es bedeutet mir mehr als »mein Ehemann«; er war mein ganzes Leben, meine Jugend, unsere Kinder, unser Haus, unsere Zukunft, bevor alles in die Brüche ging. Natürlich war ich darauf gefasst, wir sahen einander nicht mehr an, berührten uns nicht mehr, aber da war kein Hass zwischen uns, keine Aggression. Heute bin ich wütend, weil es vielleicht vermeidbar gewesen wäre. Ich glaube nämlich, dass die Liebe in Reichweite war und es vielleicht genügt hätte, die Hand auszustrecken, aber keiner von uns hat es getan. Heute bin ich mir sicher, dass ich ihn noch begehrte, unbewusst, latent, das Begehren war nicht ständig präsent, aber ich weiß, es war da, greifbar, das Verlangen nach dem anderen, nach Berührung, nach Sex, das Verlangen, ineinander zu verschmelzen und Leid und Elend der Welt zu vergessen. Aber ich habe nichts getan. Ich blieb hinter der Wand, die von Tag zu Tag höher wurde. Wie ein unabwendbares Schicksal, und vor dem Schicksal sind wir doch so klein, wir lassen es für uns entscheiden, nehmen alles hin, wenn auch unter Schmerzen. Also habe ich ihn tatsächlich nie betrogen, schlimmer noch: Ich dachte nicht einmal daran. Als hätte ich die Lust abgeschrieben. Andere Typen nahm ich nicht einmal wahr, ich hatte nur die Arbeit im Kopf, und die Kinder, den Haushalt, die Steuererklärung. Ich war keine Frau mehr. Ich sage nicht, dass Frauen nur in ihrer Beziehung zu Männern existieren, wirklich nicht, auch nicht, dass Männer die Frauen brauchen, um Mann zu sein, aber ich glaube, dass eine Frau nur dann Frau ist, wenn sie Lust empfindet. Unabhängig vom Objekt der Begierde. Lust heißt, den Herzschlag zu spüren. Lust heißt Leben. Heißt Schwung, heißt Kraft. Und ich hatte sie verloren. Zugegeben, mein Mann war kein Meister der Zärtlichkeit, er hatte andere Qualitäten, er gab mir Sicherheit, ich vertraute ihm und bin mir sicher, dass auch er treu war – bis zuletzt. Zärtliche Gesten sind doch wichtig, aber wir schafften es nicht, uns zu berühren, uns zu küssen, obwohl wir einander, zumindest in den ersten Jahren, sehr wohl begehrten und Sex hatten. Ich hatte allerdings nie das Gefühl, dass wir wirklich Liebe machten, es war mehr die Befriedigung eines Bedürfnisses, keine große Geschichte. Zärtlichkeit beginnt im Alltag: sich umarmen, sich küssen, mit der Hand über den Rücken streifen, all diese kleinen Gesten, die nachts dann zu einer großen Geste werden, im Verborgenen. Wir erleichterten uns. Ein wenig wie Victor Andrieu, der sich über mich ergoss.

Als mein Mann und ich noch Sex hatten, glaube ich, luden wir bloß einen Überschuss an Energie ab, schlimmer noch: einen Überschuss an negativer Energie. Sex ließ uns nur unsere Probleme ein paar Minuten vergessen. Ja, ein paar Minuten, denn machen wir uns nichts vor, die Sache dauert ja nicht stundenlang, nur in Filmen ist das so, nicht im wirklichen Leben, jedenfalls nicht in meinem.

Allerdings wundere ich mich, dass ich keine heimlichen Fantasien hatte, nie. Wie gesagt, nicht mal allein. Ich begehrte mich auch nicht, das ist arg. Man kann sagen, was man will, aber die Begierde bringt uns der Liebe näher, dadurch achten wir uns selbst und die anderen. Das zu verlieren ist schlimm, schlimmer, als seinen Partner nicht mehr zu lieben. Da lag das Problem, ich liebte mich selbst nicht mehr. Habe ich mich überhaupt je geliebt? Ich bezweifle es, und heute ist es mir ehrlich gesagt egal.

Schuld an allem ist die Gewalt, die ich verdrängt habe. Ich hatte es vergessen, aber natürlich habe ich Gewalt erfahren, natürlich wurde sie mir zugefügt, mit Nachdruck sogar, aber ich kann noch nicht darüber sprechen. Nicht jetzt.

An die Nacht bei Andrieu kann ich mich zwar kaum erinnern, dafür sehe ich den Morgen danach umso klarer, wie Spielkarten auf der Hand. Dieser Moment ist scharf umrissen. Mein Chef hinter seinem Schreibtisch, ich auf der anderen Seite. Was für ein Bild wir wohl abgegeben haben? Andrieu wirkte auf mich noch schmächtiger als sonst. Er kam mir vor wie ein armer kleiner Junge, wie er da in seinem übergroßen Anzug zitterte. Zum ersten Mal in seinem Leben hatte er Angst, ja, und ich spreche nicht bloß von einem kleinen Schreck, der einen manchmal kurz überkommt, nein, die Angst steckte ihm in den Knochen, diese direkte Verbindung zum Tod, und ich muss gestehen, auch wenn es ein schrecklicher Gedanke ist, sein Anblick bereitete mir Vergnügen: Endlich einmal konnte ich Macht ausüben. Ich glaube, wir waren beide sehr müde. Für mich war Müdigkeit zwar nie ein Problem, ich habe gelernt, damit zu leben, sie zu ignorieren, sie anders zu nutzen. Alle jammern doch ständig, dass sie müde sind, und ich will so nicht sein. Ich will auf keinen Fall eine müde Person sein. Müdigkeit ist Schwäche, außerdem spielt sich alles im Kopf ab, man beschließt, müde zu sein oder nicht, Müdigkeit an sich gibt es nicht, wir haben keine Ahnung, wie viel Kraft in unserem Körper steckt, wie widerstandsfähig er ist, wie gut er sich regenerieren kann. Alles spielt sich im Kopf ab, und die Leute gehen unter, weil sie zu sehr auf ihren Kopf hören. Ich bin nie zusammengebrochen, wie gesagt, nie. Also ja, wir waren beide müde, aber ich ignorierte diese Müdigkeit, mehr noch, ich kontrollierte sie, während Victor Andrieu sich sichtbar von ihr überwältigen ließ, er konnte nicht mehr, und mit seiner Müdigkeit wuchs seine Angst. Ich sah das an den Schweißtropfen über seiner Oberlippe, die sich immer wieder bildeten, obwohl er unentwegt mit dem Ärmel darüberfuhr; Andrieu war am Ende, ich hatte gewonnen, nicht für lange zwar, ich bin nicht dumm, ich wusste, dass es in unserem Land Gesetze gibt und man niemanden als Geisel festhalten darf, auch nicht, wenn es sich um den widerlichsten Dreckskerl handelt, die Verkörperung all derer, die glauben, Macht über andere ausüben zu können. Denn da liegt das Problem: bei der Macht. Es lässt mir keine Ruhe, dass manche glauben, sie stünden über allem, als gälten für sie keine Gesetze, aber in ihrem Fall sagt man nichts, weil sie auf der richtigen Seite stehen, diese Unantastbaren kommen immer davon, nur diesmal nicht, das kam für mich nicht infrage; selbst wenn es meinen Untergang bedeuten würde, wollte ich ihn noch in seiner Angst schmoren lassen, wenn auch nur für ein paar Stunden, er sollte begreifen und nicht vergessen, wie schwer man es hat, wenn man nicht unantastbar ist, sondern anderen auf Gedeih und Verderb ausgeliefert. Ich habe die Meinen gerächt, ja, ich habe sie gerächt, und das Verrückte daran ist, dass ich wusste, sie würden mir nicht einmal dankbar sein dafür, weil ich eine Grenze überschritten hatte, was sie sich nie getraut hätten, diese Lämmer! Ich bin nicht so. Ich verlasse lieber die Herde und werde bestraft, aber dafür stehe ich endlich einmal zu meiner Meinung: Diese Gesellschaft ist krank. Uns wird vorgegaukelt, wir seien alle frei und gleich und das herrschende Modell sei das Beste, alles Schwindel, denn wir, die kleinen Leute, haben schließlich keine Rechte außer dem Recht zu schweigen. Sicher, man gibt uns Arbeit, man schenkt uns Vertrauen, wenn wir ein wenig schlauer als andere sind, aber am Ende ist es immer dasselbe: Sie trampeln auf uns herum, und wir halten die Klappe, von irgendwas muss man ja leben. Ja, wir nehmen es hin und machen weiter, folgen der vorgezeichneten Linie von der Wiege bis zur Bahre, wir werden gedemütigt und halten die Hand auf, weil wir es uns nicht leisten können, die Tür hinter uns zuzuschlagen, nur manchmal träumen wir davon, zu gehen, ihnen das Maul zu stopfen, damit diese Demütigungen endlich aufhören; wenn man denn die Wahl hätte. Die Wahl haben heißt frei sein. Dann wäre sie da, die Freiheit, nicht als Idee oder als schönes Wort, nein, wie in der Geschichte vom Vogel in seinem Käfig: Eines Tages öffnet man die Tür, und obwohl er die Wahl hat, ist es nicht einmal sicher, dass er sich davonmacht, gar nicht sicher, weil er allein entscheidet, was für ihn das Beste ist, der kleine Käfig mit dem Vogelfutter und dem Wasserschälchen oder die unendliche Weite des Himmels und die Raben, die darauf lauern, ihn zu zerfleischen; also wird er es sich genau überlegen, der kleine Vogel, bevor er in die Wolken entschwindet und eins wird mit dem Azur. Das ist normal. Er ist nicht dumm, der kleine Vogel. Und wenn er bei offener Käfigtür bleibt, fühlt er sich nicht gefangen, es ist sein freier Wille, da liegt der ganze Unterschied. Meine kleinen Bienen und ich hatten nie die Wahl, niemals; auch mein Mann nicht, ich bin mir nämlich nicht sicher, ob er frei entschieden hat, zu gehen und mich zu verlassen, nicht sicher, ob man solche Dinge überhaupt frei entscheiden kann; das Leben trifft für uns die Entscheidungen, eines Tages hat man zu viel Last zu tragen und zu wenig Raum, diese Last abzuladen, so geht man, flüchtet aus Bindungen und Gewohnheiten, weil es zu beklemmend geworden ist. Man weiß, wenn man nicht geht, wird man eines Tages erdrückt; deswegen bin ich ihm nicht böse, er ist gegangen, weil er den Druck nicht mehr aushalten konnte, eigentlich müsste ich ihm sogar dankbar sein: Er hat mich geschützt.

Es gibt Männer, die nicht gehen, und dann läuft alles aus dem Ruder, das Leben wird zur Hölle oder, noch schlimmer, es kommt zum Gemetzel, und alle sterben. Mein Mann hat uns verschont und ist mit seiner Leere gegangen, niemand musste dafür bezahlen, weder ich noch seine Söhne, auch ein Grund, warum ich ihm nicht böse bin. Er hat uns das Leben gelassen. Ein leicht chaotisches zwar, aber immerhin. Genau das habe ich mit Andrieu gemacht, ich habe ihn atmen, Angst spüren und dann im Morgengrauen reden lassen, er war besiegt.

Sylvie, meine liebe Sylvie, jetzt sollten Sie aber zur Vernunft kommen.
Ich nehme es Ihnen nicht übel.
Ich werde nichts sagen.
Ich werde keine Anzeige erstatten.
Ich verstehe schon, ein kleiner Ausraster.
Wir sind alle mit den Nerven am Ende.
Es sind schwierige Zeiten.

Ich glaube, ich habe Sie falsch eingeschätzt.
Sie wissen ja, wie gerne ich Ihnen die Dinge erkläre, weil ich weiß, dass Sie alles verstehen, alles, Sie sind doch so klug, überdurchschnittlich klug, nicht wahr?
Ja, ich habe mich verschätzt.
Ich habe Sie mit einer unliebsamen Aufgabe betraut, ich weiß, und ich bedaure es jetzt, aber, Sylvie, Sie dürfen nicht denken, ich hätte es aus Bosheit getan, ich wollte Sie nie verletzen oder Ihnen schaden, Sie waren doch meine rechte Hand, und ich habe Ihnen vertraut.
Sie sind ausgerastet, stimmt's?
Das war Ihnen zu viel Arbeit? Ich kann das so gut verstehen.
Es tut mir leid.
Entschuldigung.
Aber ist das ein Grund, sich so vor mir aufzupflanzen?
Was sich hier seit gestern Abend abspielt, ist bitterer Ernst, wissen Sie? Natürlich wissen Sie es.
Ich nenne das Freiheitberaubung.
Auch wenn ich weiß, dass Sie mir nichts antun werden. Sie sind doch ein guter Mensch.
Ich würde sogar sagen: eine schöne Seele.
Jetzt sollten wir eine Entscheidung treffen. Wir können nicht ewig so dasitzen.
Ich werde Ihnen auch nichts tun.
Das verspreche ich Ihnen.
Sie gehen jetzt nach Hause, schlafen ein wenig, ich gebe Ihnen ein paar Tage, damit Sie sich besinnen können, und ich gehe auch einfach nach Hause. Wir gehen auseinander und tun, als ob nichts gewesen wäre.

Sie behalten Ihre Stelle.
Wir werden das Ganze Ihrer Müdigkeit, Ihrer Überarbeitung zuschreiben.
Das soll sehr oft vorkommen, wissen Sie? Wir lassen Zeit verstreichen, und alles wird wieder wie früher, Sylvie, einverstanden?
Ich weiß, Sie sind einverstanden.
Reißen Sie sich zusammen, meine Kleine, und wir vergessen alles.
Sehen Sie, morgen ist ein neuer Tag, und mit der Zeit ist dieser kleine Anflug von Schwäche vergessen.
Das bleibt unser Geheimnis.
Sie wissen doch, ich habe Sie immer sehr geschätzt.
Um all dieser Jahre willen, Sylvie, gehen wir in Frieden auseinander.
Ich lasse Ihnen einen Vorsprung als Beweis meiner Aufrichtigkeit.
Ich werde nicht die Polizei anrufen, auch nicht Ihren Mann, niemanden. Kein Mitarbeiter wird je von dieser Nacht Wind bekommen. Nie.
Sie haben mein Wort, Sylvie, und Sie wissen wohl, dass ich zu meinem Wort stehe, ich war immer ein aufrichtiger Mensch.
Ich bin nicht der, für den Sie mich halten.

Also bin ich nach Hause gegangen.

Die Kälte der Laken fühlte sich seltsam an, ich lag da, in meinem Bett, hatte Schuhe und Rock ausgezogen, Strumpfhose und Bluse anbehalten, spürte aber trotzdem die Kälte und verstand nicht, warum, ich hatte die Heizung auf die höchste Stufe gestellt, eine zusätzliche Decke genommen, aber die Laken fühlten sich eisig an, ihre Kälte durchdrang mich, ich fühlte mich vergiftet, langsam wurde ich mir meiner Tat bewusst, aber ich empfand keine Angst, nur die Kälte.

Ich versuchte zu schlafen, aber es gelang mir nicht, ich hatte das Gefühl, jemand wäre neben mir, dann in mir, im Laufe der Stunden schien jemand von mir Besitz zu ergreifen. Am Nachmittag war ich überzeugt, dass alles nur ein böser Traum gewesen war, dass ich Victor Andrieu in der Nacht gar nicht gesehen hatte, auch nicht am Morgen, dass ich aufwachen würde, genau, ich schlief, und alles würde wieder sein wie früher, die Wirklichkeit war wie übertüncht, und jetzt schwanden die Formen und Farben allmählich. Wahrscheinlich bildete ich mir das alles nur ein.

Ich stieg aus dem Bett, ging in die Küche, kochte Kaffee, suchte den Zucker, fand ihn nicht, das machte mich wütend, ich durchwühlte alle Schubladen, riss sie raus, ich hatte genug von allem, vom Haus, von der Stille, von mir selbst. Ich blickte aus dem Fenster, es regnete, der Himmel hatte sich eine Stufe gesenkt, keins der Reihenhäuser lag mehr in meinem Blick, ich war allein auf der Welt, allein mit dieser neuen Person, die Besitz von mir ergriffen hatte, ich stand mit ihr allein im Nebel. Erst da begann ich, Angst zu haben. Angst, mich zu verlieren, mich nicht mehr zu finden, von der anderen Person verdrängt zu werden, also entwickelte ich eine Strategie: Ich konzentrierte mich auf Bilder, von denen ich wusste, dass sie mich am schnellsten in die Wirklichkeit zurückholen konnten, beruhigende Bilder, nicht etwa meine Jungs oder meine Kindheit, nein, ich dachte sofort an Seifenopern, ich wusste, die würden mich beruhigen.

Es waren immer die gleichen leichten, simplen Geschichten, ein fescher Kerl, ein hübsches Mädel, die erste Begegnung, die Liebe, die Hochzeit, die Familiengeheimnisse, dann die Geliebte; ich fand es toll, so weit von mir entfernt und gleichzeitig so nah an meinen Mädchenträumen, als ich noch dachte, dass das eines Tages mein Leben sein würde, in einem Haus mit Pool und Palmen, mit einem Schönheitschirurgen als Ehemann, der mir am Ende das Herz brechen würde, das wäre traurig, aber weitaus weniger traurig als das Leben bei Cagex, ohne Mann, ohne Lust, ohne Verlangen. Was ich an den Seifenopern am meisten mochte, war die Vorstellung von Zeit. Die Frauen verfügen über so viel Zeit, Zeit, sich zu schminken, zu frisieren, sich anzukleiden, shoppen oder etwas trinken zu gehen. Eine dehnbare, unwirkliche Zeit. Sie laufen der Zeit nie hinterher, während ich von ihr beherrscht und gehetzt wurde. Keine Zeit für mich, wenig für die anderen und kaum welche für das wahre Leben, jenes Leben, das stehen bleibt, damit wir den Wind auf der Haut spüren, im Frühling die Vögel singen hören und auch Zeit haben zu träumen, von einer neuen Zukunft, keiner besseren, nur einer anderen.

Ich war davon überzeugt, dass mein Leben sich nie ändern würde, deswegen habe ich diese Dummheit mit Andrieu begangen. Dass es eine Dummheit war, erkannte ich, als ich in der Küche stand. Am Boden lagen die leeren Schubladen, das Besteck, das Salz, der Pfeffer, die Gewürze, überall verstreut, und doch war es nicht schlimm, nichts würde je wieder schlimm sein, ich hatte eine Grenze überschritten. Ich glaubte, Lärm im Wohnzimmer gehört zu haben, aber da war niemand außer mir und meinem nicht sehr reinen Gewissen. Der arme Andrieu dürfte große Angst gehabt haben. Seinetwegen hatte ich keine Schuldgefühle, nur meiner Jungs wegen. Ich ging wieder ins Bett, weil der Gedanke an meine Söhne zu deprimierend war, ich hatte keinen Schutzschild, keine Barriere mehr, das war das Schrecklichste, nichts war mir geblieben; meine Söhne, mein früheres Leben, meine Kindheit, meine Eltern – die hatte ich schon verloren –, mein Bruder und meine Schwestern, die so weit weg wohnten, die Arbeit, meine einzige Verankerung, meine kleinen Bienen, nichts von alldem vermochte mich noch ins Lot zu bringen, mich zu beschützen. Erste Erinnerungen an die Nacht mit Andrieu tauchten auf, aber ich hatte nicht die Möglichkeit, sie zu kaschieren oder zu reparieren. Ich war allein in meinem Bett, allein mit der anderen, der von der Nacht, ich spürte sie noch, aber allmählich verblasste sie, und dummerweise begann ich, das zu bedauern. Dumm war es wirklich, anzunehmen, dass die andere für meine Tat verantwortlich sein und später ein gutes Alibi für mich abgeben könnte. Ich rollte mich in meinem Bett ein und betete inniglich, das alles möge nur ein böser Traum sein. Ich hörte den Regen auf dem Dach und dachte an all die Jahre der Arbeit, an die Kredite für das Haus, und das Wort »Mühe« ging mir nicht aus dem Kopf, genau das war es gewesen mit meinem Mann, wir hatten uns so viel Mühe gegeben, um einen Anflug von Freiheit zu erlangen, und ich hatte mit einem Schlag alles verloren, einfach so. Ich schlief ein, wie man in ein Loch fällt, ich war erschöpft und dachte sogar, so ähnlich müsste es sein zu sterben, ein langsames Fallen in einen Brunnen, aus dem man nicht wieder hochkommt. Ich fand es angenehm und nicht so schlimm, nicht wieder aufzuwachen. Ich habe keine Angst mehr vor dem Tod, früher schon, als Kind oder als meine Jungs klein waren; da hatte ich Angst, dass sie traurig und sich selbst überlassen sein könnten, was eigentlich hieß, dass ich meinem Mann nicht bedingungslos vertraute. Er war zwar verlässlich und stark, aber irgendetwas dürfte ich übersehen haben, wie sich gezeigt hat, da er gegangen ist, einfach so. »Ich gehe«, wie leicht es ihm von den Lippen ging, er muss sich diesen Satz viele Male in Gedanken vorgesagt haben, bevor er den Mut aufbrachte, ihn laut auszusprechen, vor mir, ich verstehe ihn, ich kann ihn gut verstehen, aber was für ein Schauspieler, überzeugend, Auge in Auge, ohne zu zögern: »Ich gehe.« Es war so schön gespielt, dass auch ich schön und mutig wurde, ich weinte nicht, schrie nicht, ich hasse sowieso schreiende Frauen, ich tat, als ob nichts geschehen wäre, kein Ausrasten, wir spielten beide einfach unsere Rollen, für mich eine Erstaufführung, im Gegensatz zu ihm, der die Szene sicher geprobt hatte, im Kopf oder vor dem Badezimmerspiegel. Nein, heute habe ich keine Angst vor dem Tod, meine Söhne sind älter, sie werden schon zurechtkommen, sie sind Rückschläge gewohnt, sie werden ihren Weg machen, wie man so schön sagt, bei ihrem Vater sind sie ohne mich nicht ganz verloren. Natürlich werde ich ihnen am Anfang fehlen, aber die Zeit heilt alle Wunden. Ich sage nicht, dass ich sterben möchte, aber wäre es an diesem Novembertag im Schlaf passiert, hätte ich es hingenommen, hätte mich auf den Grund des Brunnens fallen lassen und mich nicht gewehrt.

Am Abend wurde ich von der Türklingel geweckt, aber ich blieb liegen, weil ich dachte, ich hätte geträumt, es war wie eine Klingel in meinem Kopf, die zu mir sprach: »Nein, Sylvie, noch ist es nicht an der Zeit, lass dich nicht tiefer in den Brunnen fallen, komm zurück, bald kommt der Schnee, den du doch so liebst, wenn er sich auf die Dächer legt.« Dann aber wurde an die Tür geklopft, schließlich gehämmert, ich lag ja in tiefem Schlaf, und doch verstand ich bald, dass es ernst war. Keiner bleibt vom heftigen Regen verschont, keiner ist unschuldig. Unschuld, das ist so eine Sache. Die bloße Tatsache, am Leben zu sein, macht uns bereits schuldig. Das waren meine Gedanken, als die Schläge lauter wurden. Sollten sie mir ruhig Handschellen anlegen, diese Gnadenfrist hielt ich ohnehin nicht mehr aus: seit der Gewalt, die mir angetan wurde und von der ich später sprechen werde. Jetzt ist es noch zu früh, noch kann ich es nicht.

Ich hielt diesen Lärm nicht mehr aus, ich hätte am liebsten gebrüllt, wer konnte mich so stören? Ich hatte zwar eine vage Ahnung, aber es machte mich wütend, aus meinem Brunnen geholt zu werden, wo mir nichts mehr widerfahren konnte und wo ich in Frieden war.

Ich zog meinen Rock wieder an und öffnete. Zwei Männer fragten, ob ich Sylvie Meyer sei. Ich antwortete nicht gleich. Ein ganz schönes Arschloch, dachte ich, dieser Andrieu, denn selbst wenn meine Tat nicht ganz sauber gewesen war, er hatte versprochen, nichts zu sagen und keine Anzeige zu erstatten, um all dieser Jahre willen, von wegen! Sie waren doch alle feige und ehrlos, diese Männer. Vermutlich hatte er zu Hause sein Kopfkino eingeschaltet und sich die Szene noch einmal vorgestellt, wie schlecht sie hätte enden können, in so einem Fall kennt die Fantasie keine Grenzen. Und vermutlich fühlte er sich in seinem Stolz verletzt: von einer Frau mit einer Waffe bedroht, in der eigenen Firma, im eigenen Büro, wo bis dahin er der alleinige Herrscher gewesen war. Ich hatte alles vernichtet, ich hatte ihn eine Nacht lang gefangen gehalten, mit einem lächerlich kleinen Messer in einer lächerlich kleinen Handtasche, aber vor allem, und das dürfte ihn am meisten aufgebracht haben, mit meinem Schweigen. Er kam nach Hause, geriet in Panik, obwohl nichts passiert war, nichts Ernstes zumindest. Aber er wollte sich rächen. Dass sich ihm einmal eine Frau entgegenstellte, das konnte er nicht hinnehmen. Andrieu hatte also die Polizei verständigt.

Die zwei Männer, die dort standen, sahen nicht aus wie Polizisten, ich meine, sie waren nicht wie Polizisten gekleidet, keine Kappe, keine Uniform, auch keine Waffen, jedenfalls nicht sichtbar. Einer der beiden hatte eine Kartonmappe mit Papieren bei sich, die mich an die Ordner erinnerte, die mein Vater für alles verwendet hatte, was er für wichtig hielt, vor allem Rechnungen, glaube ich, sie waren beige mit einem rot-weißen Band, das man mit einer gezahnten Metallschnalle schließen konnte. Es mag seltsam klingen, dass ich mich an dieses Detail erinnere, aber als ich sie in die Küche bat, fiel mir diese Kartonmappe ins Auge, die Mappe meines Vaters, aus meiner Kindheit: »Die Sorgenmappe« pflegte meine Mutter sie zu nennen. Sorgen hatte ich schon, aber der Gesichtsausdruck der beiden Kerle verriet mir, dass ich dabei war, noch ernstere zu bekommen, so viel stand fest. Ich empfand weder Scham noch Angst noch Schuldgefühle. Wir empfinden normalerweise immer eines dieser drei Gefühle, *c'est la vie*, das ist unser gemeinsames Los, das Los aller armen kleinen menschlichen Wesen, aber ich? Nichts, keine Regung. Ich fühlte mich befreit, endlich einmal tat sich etwas, zugegeben ein hartes Los, vor allem für meine Jungs, denn an sie musste ich denken, nicht an meinen Mann, nicht an mich, nicht an meinen Ruf bei den Nachbarn oder bei meinen Bienen, nein, ich dachte nur an meine Söhne, weil es schwer ist, eine Mutter zu haben, die nicht mehr richtig tickt, ich dachte an sie, mehr aber auch nicht.

Sie kamen in die Küche, ich fragte: »Wollen Sie Kaffee?« Ihr Bejahen fand ich eigentlich unverschämt, aber ich bin halt höflich. Da ich sicher war, dass sie mich mitnehmen würden, wollte ich nur noch meine Zähne putzen. Das hatte ich schon lange nicht mehr gemacht, wegen Andrieu, dabei bin ich eine reinliche Frau. Wenn man sprechen soll, sind saubere Zähne wichtig. Sonst fühlte ich mich picobello, Körper, Achseln, da unten, nur nicht die Zähne. Ich wusste, ohne das Gefühl von sauberen Zähnen konnte ich keine sauberen Worte sprechen, und die beiden Männer würden mich nicht verstehen.

Sie setzten sich, tranken ihren Kaffee, ich ging schnell ins Bad und putzte mir die Zähne, damit ich die ganze Wahrheit sagen konnte, auch wenn ich wusste, dass es für mich vorbei war, weil Andrieu mich wohl sehr schwer belastet hatte. Nichts Leichteres, als mich in die Enge zu treiben, alleinstehend, zwei Söhne, keinen Mann mehr, zu viel Arbeit: Ich war schuldig.

Ich ging in die Küche zurück, jetzt konnte ich sprechen, das heißt, ihre vielen Fragen beantworten: Alter, Beruf, usw., ob ich einen Anwalt hätte, so verstand ich, dass sie echte Bullen waren und dass ich nun erklären müsste, erzählen, mich verteidigen, aber wogegen eigentlich? Ich wusste nicht einmal mehr, wer ich war, also wie sollte ich erklären, warum ich an diesem Abend zu Cagex gefahren bin, um Andrieu in meine Gewalt zu bringen, das war mir zu hoch, wie eine Schwalbe über meinem Kopf, nein, schlimmer, wie ein Überschallflugzeug, das man hört, ohne es zu sehen. Ich hatte keine Ahnung, was mein Motiv gewesen war, denn dieses Wort wurde in meiner Küche ständig wiederholt: »Was war Ihr Motiv, Madame Meyer?« Ich hatte Lust, ihnen zu sagen, dass ich nicht mehr Madame Meyer war, dass ich meinen

Namen nur wegen meiner Söhne behalten hatte, und aus Nostalgie – und vielleicht auch aus Liebe. Ja, ich liebte meinen Mann immer noch.

Sie waren weder bedrohlich noch freundlich, eigentlich neutral, was ich nicht verstand, denn im Leben sind wir nie neutral, wir verspüren ständig Gefühle, selbst als Polizist kann man nicht neutral sein, irgendetwas geschieht immer, und hier geschah gerade etwas: Sie sahen mich komisch an, als spürten auch sie dieses Etwas, etwas Schlimmes, etwas Schreckliches sogar, als spürten sie das Ende eines Lebens und den Beginn eines anderen. Das Seltsamste war wohl, dass wir alle drei ahnten, dass dieses neue Leben an sich großartig war; dass es zwar schwierig, aber immerhin für mich besser als mein jetziges Leben sein würde. Endlich passierte etwas mit mir. Etwas, das ich selbst bewirkt hatte, eine Stoßwelle: Ich hatte einen Stein auf eine ruhige Wasseroberfläche geworfen, und die Kreise weiteten sich unaufhaltsam aus, bis sie sich an bisher unsichtbaren und fremden Ufern brachen.

Sie fragten, ob ich jemanden anrufen wollte. Ich wollte niemanden anrufen. Draußen hatte die Nacht schon alles verschluckt, kein Licht mehr, kein Auto, nichts, man hätte meinen können, die ganze Kleinstadt wusste schon von mir und ging mir höflich aus dem Weg. Dann läutete das Telefon, die beiden Bullen sahen mich an, ich hatte keine Lust abzuheben, ich wusste, dass es mein Mann war, der Mann, der mich geliebt und dann aufgehört hatte, mich zu lieben, und ich dachte an einen Fluss im Sommer, an Schatten spendende Bäume, an Sonnenlicht, das durch Blätter flimmert, an Kinderlachen hoch oben im Einklang mit dem Wind, der die Wolken vertreibt und uns auf ein besseres Leben hoffen lässt. Ich habe das Telefon nicht abgehoben.

Ich packte ein paar Sachen zusammen und ging mit ihnen.

Wir fuhren lange. Ich saß hinten im Auto, allein. Der Bulle am Steuer hatte die Türverriegelung betätigt, vielleicht aus Angst, ich könnte mich davonmachen. Wir fuhren in Richtung Sarlat oder Bordeaux oder Paris, in der Nacht waren keine Schilder zusehen, ich konnte nur Felder erahnen. Ich wäre nicht geflohen, da irrten sie sich. Ich fühlte mich wohl in diesem Auto. Zum ersten Mal hatte ich das Gefühl, am richtigen Platz zu sein, auf dem Platz, den ich verdiente, der einer Frau gebührte, die Riesenscheiße gebaut, aber dabei all jene gerächt hatte, die ununterbrochen arbeiteten und jeden Abend zu Hause mit Gewalt konfrontiert waren: der Mann weg, die Kinder zu laut, die Einsamkeit.

Wie gesagt, ich finde, Frauen haben es immer schwerer als Männer. Ich will nicht auf die Tränendrüse drücken, aber das ist die Wahrheit. Deswegen werden wir mit der Zeit auch stärker. Von Schlägen kriegt man eine dicke Haut. Das ist wie ein Schutzmantel, der mit der Zeit nichts mehr durchlässt.

Also nein, ich würde nicht fliehen, natürlich nicht, ich fühlte mich wohl auf dem Rücksitz, ich schloss die Augen und dachte an meine Kindheit, ich saß hinten, mein Vater fuhr, nach dem Baden im Fluss oder dem Spaziergang im Wald, alles war sanft und still, meine Mutter in Gedanken, mein Vater eine Hand am Lenkrad, in der anderen eine Zigarette, die er aus dem offenen Fenster hielt und gedankenverloren ausbrennen ließ, aus Gewohnheit oder auch Langeweile. Sie liebten sich nicht mehr, das wusste ich, aber sie taten alles, um es zu verbergen, weil sie ihre Kinder mehr liebten als sich selbst. Das gab mir Sicherheit, ich hatte das Gefühl, dass endlich einmal in meinem Leben jemand für mich sorgte. Es war nur eine Lüge, aber eine schöne Lüge, jedenfalls war ich gelassen genug, um diese schön zu finden, sie tat mir gut, und ich rechnete es meinen Eltern hoch an, dass sie sich bemühten und so taten als ob, dass sie ein Bild der Liebe, der Familie abgaben, wenn auch ein schiefes, denn das Wichtigste war für mich: Das Bild war da.

Ich hatte ein verzerrtes Bild vom Glück, doch ich hatte eins; ich war wie ein im Sand wachsender Baum ohne Wasser, der eines Tages trotzdem austreibt: In diesem Augenblick hatte ich keine Angst mehr vor dem Tod. Ich weiß, es klingt seltsam, aber mit den beiden im Auto hatte ich dieses Gefühl: Ich empfand eine starke Nähe zum Tod, hatte aber keine Angst davor, sie gaben mir Geleit, nichts konnte mir mehr etwas anhaben, natürlich, sie waren gegen mich, aber in ihrer Anwesenheit fühlte ich mich sicher, ich wurde wahrgenommen. Und ich füllte die Mulde im Bett aus, den Schatten meines Mannes. Durch diese zwei Männer tauchte er plötzlich wieder auf. Befremdlich, diese Männlichkeit. Wir Frauen haben keine Ahnung. Die Zeitschriften, die ich beim Friseur lese, sind nie um eine Antwort verlegen. Aber das ist natürlich alles Unsinn. Männer sind rätselhafter als Frauen, und wir werden nie erfahren, wie sie beschaffen sind, wie sie funktionieren und wie sie sich verschließen. Ihre Sache ist die Stärke, sagte ich, das stimmt, das glaube ich wirklich, aber ich weiß auch, dass sie im Grunde keine Wahl haben, die Stärke ist Teil ihrer Geschichte, wie das Leiden ein Teil unserer ist. Das Ganze ist ein großes Lügengespinst, schlechte Rollenverteilung, jeder für sich, Männer und Frauen, geraten aneinander, lieben und hassen sich, geraten wieder aneinander.

Dort im Auto fragte ich mich, wer recht, wer unrecht hatte. Victor Andrieu und mein Mann standen nicht für alle Männer, meine geliebten Bienen und ich standen auch nicht für alle Frauen, wir alle waren nur feine Tröpfchen, die eine Wolke bildeten, mit dem nächsten Platzregen niedergehen und von der Erde verschluckt würden. Auf dieser Fahrt in die Nacht mischten die zwei Polizisten vor mir meine Karten neu. Ungeachtet der widrigen Umstände fühlte ich mich wohl mit ihnen. Ohne Angst fuhr ich meinem Schicksal entgegen, keinem glücklichen Schicksal, das ahnte ich, aber es würde einen Schlusspunkt hinter diese letzten Monate setzen, die für mich wie eine Auslöschung gewesen waren. Nach dem Fortgang meines Mannes war ich nicht mehr dieselbe, mit dieser Einsamkeit, die ich nicht wahrhaben und zulassen wollte, ich betäubte mich mit Arbeit, gehorchte Andrieu und lud den Hass in mir auf die anderen ab. Dieses Verhalten entsprach so gar nicht meiner Art. Ich war ihm wirklich sehr böse, deswegen bereute ich meine Tat nicht und wollte mich nicht verteidigen, ganz im Gegenteil, ich wollte nur die Wahrheit sagen. Ich bedauerte sogar, nicht einen Schritt weiter gegangen zu sein. Er hätte eine härtere

Strafe verdient, und ich hatte ohnehin nichts zu verlieren. Meine einzige Sorge galt meinen Jungs, unserem Ruf, denn man würde mich als verrückt hinstellen, ich schämte mich nicht dafür, mir taten nur meine Söhne leid; es ist erniedrigend und beängstigend, eine verrückte Mutter zu haben, weil man an der Liebe und an der Beziehung zu ihr zweifelt. Ich war nicht verrückt, aber ich wusste, dass meine Jungs sich für diese Option entscheiden würden, als Neubeginn. Ich selbst wollte mich auf keinen Fall hinter dem Wahnsinn verstecken. Ich war für meine Tat verantwortlich. Ich hatte es gewissen Chefs im Namen ihrer Arbeiterschaft heimgezahlt, und ich war stolz darauf. Auch wenn es abgedroschen klingt: Es ist alles eine Frage des Gleichgewichts. Ich hatte die Kräfteverhältnisse wiederhergestellt, hatte jemanden zermalmt, der seine Macht missbraucht, der die Schwachen herabgesetzt hatte. Ich war nicht gerade die große Rächerin, aber ich hatte einen Auftrag zu erfüllen, ungeachtet seines Ausgangs, ausnahmsweise sehnte ich mich nach der Zukunft.

Die Fahrt dauerte lange, ich nahm an, dass wir auf eine große Stadt zusteuerten, wahrscheinlich Bordeaux. Ich schloss die Augen, wir hatten die Landstraße und die in Dunkelheit versunkenen Felder verlassen und fuhren jetzt auf der Autobahn. Mir schien, dass das Auto immer wieder zu nah an der Leitplanke fuhr, und ich wünschte mir insgeheim einen Unfall. Im Grunde hatte ich nicht mehr viel vom Leben zu erwarten, ich würde meinen Job, meine Freiheit verlieren, für ein paar Monate, ein paar Jahre, ich konnte nicht einschätzen, wie gravierend meine Tat gewesen war, aber ich war mir sicher, dass Andrieu alles tun würde, um mich endgültig aus dem Verkehr zu ziehen. Mit zwei Fremden zu sterben, kam mir romantisch vor, wie in den Seifenopern, in denen Liebe oft mit Tragödien einhergeht und dadurch einmalig und wunderbar wirkt. Und das war sie für mich gewesen, die Liebe: einmalig und wunderbar, wunderbar und einmalig.

Ich hatte nicht auf meinen Mann gewartet, er auch nicht auf mich, unser Glück war bescheiden, und doch war es für mich wie ein Wunder. Es ist gar nicht selbstverständlich, den richtigen Mann zu treffen, einen für sich allein, mit dem man einen langen gemeinsamen Weg gehen kann, ohne viel zu hinterfragen. Im Grunde ist es schwierig, Harmonie und Vertrauen aufzubauen. Ich weiß nicht, ob wir für ein Leben zu zweit geschaffen sind, aber es gefiel mir mit meinem Mann, trotz allem. Mit der Zeit werden wir blind, und erst der Verlust macht uns das klar. Nachdem mein Mann gegangen war, kam die Gewalt, über die ich noch nicht reden kann, wieder hoch. Sporadisch erst, dann laut und stark und abscheulich, schließlich immer öfter lauter, stärker und abscheulicher, weil ich sie verleugnet hatte. Was wir nicht sehen oder wahrhaben wollen, wächst hinter unserem Rücken. Das ist nun mal so. Diese Gewalt nahm viel Raum ein, wie ein Riesenfarn erstickte sie mich, und da ich sie nicht sehen wollte, schöpfte sie weiter Wasser und Kraft aus dem Boden: aus mir. Ich wollte so perfekt, so tadellos sein. Also gehöre ich bestraft, wie gesagt, nicht für meine Tat, denn ich bereue sie nicht, und könnte ich die Zeit zurückdrehen, würde ich es wieder tun, diesmal mit noch mehr Kraft, mit mehr System. Ich gehöre dafür bestraft, dass ich die Gewalt verleugnet habe, und damit auch mich selbst, das Wunder, die Liebe, die mein Mann für mich hegte und die auch ich ihm voll und ganz geschenkt hatte.

Als ich klein war, las mir meine Mutter aus der Zeitung vor, erst die Lokalnachrichten, dann die Todesanzeigen. Die Lokalnachrichten, sagte sie, veranschaulichten, wie verrückt Männer manchmal sein könnten, und ich solle mich vor ihnen schützen und ja immer wachsam sein, auf der Straße, am Fluss, auch nach der Schule, Sittenstrolche würden immer in der Nähe von Schulen herumstreifen, davon war sie besessen; auch könne das Wissen um das Unglück anderer unser eigenes Leben heller erscheinen lassen, so müssten wir weniger jammern und würden uns mit dem zufriedengeben, was wir hätten, nicht das Paradies, aber manche durchlebten die Hölle auf Erden, und das dürfe man schon aus Respekt nie vergessen. In den Todesanzeigen suchte sie nach alten Bekannten, und ich unterstelle ihr, dass sie enttäuscht war, wenn kein einziger Name sie an einen Freund, eine Familie erinnerte, mit der sie einmal verkehrt hatte. Sie führte sozusagen Buch. Sie legte auch Listen an, wie ich bei Cagex. Ihre Nischen waren ganz schön voll, und wenn sie sich leerten, schaltete sie den Fernseher ein, um sich *Kommissar Maigret* und seine Abenteuer anzuschauen. Manchmal war meine Mutter für mich ein Rätsel, ich dachte, ich würde sie nie richtig kennenlernen. Insofern war ich ihr ähnlich.

Mit den beiden Polizisten im Auto, es klingt jetzt blöd, aber ja, ich fühlte mich beschützt. Ich war jetzt wer, ich wurde chauffiert, man kümmerte sich um mich. Irgendwann ließen sie sogar Musik laufen, eine sanfte Musik wie in den Aufzügen oder den Supermärkten, die Art Melodie, die man kennt, ohne sie zu kennen, ohne Text, ein Wiegenlied für alte Kinder wie mich, schließlich hatte ich einen Kinderstreich begangen, ich hatte mein Erwachsenenhirn ausgeschaltet und wie ein kleines Mädchen gehandelt, das ihrem Vater böse ist. Dabei habe ich meinen Vater nie gehasst, einen anderen Mann schon, einen bestimmten Mann, den ja, und den werde ich so bald nicht vergessen, aber noch kann ich nicht darüber sprechen, nein, noch nicht.

Ich fühlte mich also wohl in diesem Auto, mit der Musik. Bilder aus meiner Kindheit tauchten auf, es war Sommer, der leere Marktplatz, die wegen der Nachmittagshitze geschlossenen Fensterläden, gegen neunzehn Uhr füllte sich das Bistro: Familien, Freunde, Kinder, die üblichen Schluckspechte durchmischten sich und teilten ein einfaches Glück, ein greifbares Glück, die Zeit schien stehen geblieben zu sein, und auch wenn meine Eltern sich nicht mehr liebten, sah ich ihnen gerne zu, wie sie mit anderen, die sich vielleicht auch nicht mehr liebten, plauderten und lachten. Jeder tat als ob, das war wohl eine Form der Höflichkeit. Der Höflichkeit dem Leben gegenüber. Das Leben ist doch so kostbar, wir neigen dazu, das zu vergessen, aber wir leben und wachen jeden Morgen auf, tun, was zu tun ist, selbst wenn es lästig ist und immer das Gleiche. Wir sollten uns doch über diese kleinen Gewohnheiten freuen, über all diese in uns wimmelnden Zellen, die uns zu Lebewesen machen, ich weiß, es ist idiotisch, aber das vergessen wir manchmal, unser Dasein ist anstrengend, aber es ist gleichzeitig das Sublimste auf der Welt, und davon dürfen wir uns nicht abwenden. Doch genau das habe ich getan. Ich kann nicht sagen, dass ich es bereue, in gewisser Weise bin ich stolz darauf, den armen Andrieu torpediert zu haben, aber mein Leben wird nun bestimmt eingeschränkter sein, meine Zellen werden das spüren und sich rächen, das ist logisch, sie haben mich getragen, und ich habe sie verraten, habe eine Grenze überschritten. Ich weiß, dass ich nicht sterben werde, es gibt bei uns keine Todesstrafe mehr, und meine Tat ist auch kein Kapitalverbrechen, aber den Lauf des Lebens habe ich sehr wohl gestört, den Lauf des normalen Lebens. Das verstand ich endgültig, als wir von der Autobahn abfuhren, Richtung Bordeaux. Alles war plötzlich anders – wie in den amerikanischen Filmen. Der Bulle auf dem Beifahrersitz schaltete das Radio aus, zündete sich eine Zigarette an, öffnete das Fenster. Irgendwas war anders. Ich sah ihre glatt geschorenen Nacken, ihre breiten Schultern, wäre ich jünger gewesen, hätte ich denken, glauben, Angst haben können, dass sie den Wagen anhalten, mich zum Aussteigen zwingen und mich auf die Schnelle im Straßengraben flachlegen, sich einfach entleeren würden nach einem schweren Tag und der zu langen Fahrt, aber ich war über das Alter hinaus für eine solche Entgleisung.

Der mit der Zigarette drehte sich zu mir um und sagte: »Sie stecken in der Scheiße, ich hoffe, das ist Ihnen bewusst.« Ich habe nicht geantwortet, natürlich war es mir bewusst. Dann fügte er hinzu: »Verdammt, wir haben Sie gut behandelt, wir hätten Ihnen Handschellen anlegen können.« Ich sagte noch immer nichts; Fesseln trug ich schon lange, an meinen Handgelenken, mitunter am Hals, manchmal schnürten sie mir das Herz zu, das nun nicht mehr wie früher schlug. Dann fingen sie an zu streiten, wegen der Strecke, der Abfahrt, die sie nicht hätten nehmen dürfen, jetzt müssten sie durch das ganze Industriegebiet fahren. Der Rücksitz schien auf einmal zu eng für das, was ich in mir trug: den Kummer, den ich fühlte, den Kummer, den ich meinen Söhnen bereiten würde. Ein unendlicher Kummer. Am liebsten hätte ich geweint, aber Fremden zeigt man keine Tränen. Dann meinte derselbe Bulle: »Willst du eine Kippe, quasi die letzte Zigarette – wie bei Verurteilten?« Und sie haben gelacht. Ich weiß, dass sie mich für eine arme Irre hielten. Nur weil ich eine Frau war. Weil ich in meinem Alter war. Und sie die Macht hatten. Ich sagte noch immer nichts. Ich hätte etwas erwidern, mich verteidigen können, aber nein, nichts. Sie bedeuteten mir nichts, sie waren bloß zwei Typen, die ihren Job machten, obwohl sie lieber zwischen den Schenkeln ihrer Nutten auf ihre Kosten gekommen wären, denn solche Typen haben keine Ehefrauen, die gehen zu Nutten.

Je näher wir der Stadt kamen, umso mehr nahmen sie ihre Rollen ein. Ich hatte keine Angst vor ihnen, ich verachtete sie. Es ist die Stärke von uns Frauen, die Macht der Männer über uns zu verachten. Eigentlich ist es unsere einzige Stärke, seien wir ehrlich, denn wir können uns noch so sehr abstrampeln, sie werden immer die Herrscher sein und wir die Unterlegenen; nicht im Kopf natürlich, aber physisch. Das ist das große Unglück der Frauen: unsere Verletzbarkeit. Wir werden immer dem Körper der Männer unterlegen sein. Sie werden immer das letzte Wort haben. Ein Mann hat keine Angst, er kennt keine Angst, ich meine diese große Angst, die uns Frauen von Kindheit an nicht loslässt: die Angst vor Vergewaltigung. Die Angst vor dieser Beschmutzung ist ein Teil unserer Geschichte als Frauen. Sie verbindet uns – überall und in jedem sozialen Milieu. Wir Frauen sind Schwestern in dieser Angst vor Vergewaltigung. Es ist schrecklich, aber tatsächlich stehen wir offen, und sie sind bewaffnet. Wir sind verwundbar, sie sind mächtig. Und genau aus diesem Grund wird die Welt immer von Männern und der von ihnen geschürten Angst regiert werden. Und das wird sich so bald nicht ändern. Denn die Frauen sind weniger wachsam als früher. Sie scheinen den Kampf aufgegeben zu haben. Die Angst ist jetzt stärker als alles andere. Vor Andrieu hatte ich keine Angst, und trotzdem hat er mich besiegt. Ich liebe meine Jungs, und ich war glücklich, Söhne zu haben, weil ich ihnen Respekt, höfliches Benehmen, Sanftmut beibringen wollte, das habe ich auch versucht, aber ich kann nicht wissen, wie sie sich später verhalten werden. Auch wenn ich sie noch so sehr liebe, weiß ich, dass das Kräfteverhältnis ungleich bleibt. Wie gesagt, Frauen haben das Leid verinnerlicht, aber davon wissen die Männer nichts. Und Frauen werden immer dem erstbesten Arschloch ausgeliefert sein. Das ist so, man muss es akzeptieren, aber ich akzeptiere das nicht. In diesem konkreten Fall verabscheue ich die Natur. Ich verabscheue, was sie uns auferlegt. Natürliche Ordnung? Ich finde sie ganz schön unordentlich, die Natur. Uns Frauen fehlt doch etwas. Wir hätten einen Schutzmechanismus gebraucht. Etwas in unserem Körper, das dem männlichen Geschlecht entspricht, dieser Kraft. Das würde uns endlich Selbstvertrauen geben, und damit auch Macht. Männer regieren die Welt, weil sie keine Angst haben. Sie haben Flügel, wir stapfen im Schlamm. Ich denke oft an meine Bienen. Ich habe Angst um sie. Frauen reden nicht über Gewalt, sehr selten wehren sie sich dagegen. Ich bin auch so. Nicht reden, meine Bürde tragen, schweigen und eines Tages alles zerschlagen, wie ich es getan habe.

Ich liebte meinen Mann, aber ich glaube, dass ich Männer hasse. Zumindest hasse ich Männer, die Frauen Schmerz zufügen. Und ich bin froh, dass Andrieu durch mich eine

Heidenangst gehabt hat. Er hat für alle anderen bezahlt. Das hat zwar nicht lange gehalten, aber es ist geschehen. Also konnte mir der Bulle ruhig wie einer Verurteilten eine letzte Zigarette anbieten, mich schlecht behandeln, das alles glitt an mir ab. Ich fühlte mich lebendig, am Leben, denn für eine kurze Zeit, die Zeit seiner Freiheitsberaubung, hatte ich mein Leben selbst bestimmt: Endlich war ich der Vergewaltiger.

Im Auto dachte ich an meine Mutter und dass ich eigentlich nichts von ihrem Leben wusste, ihrem wahren Leben, dem Leben mit meinem Vater, von ihren Gefühlen für uns. Ich denke, dass sie nicht glücklich war und alles nur ertrug, so wie ich mein Steinchen im Schuh. Sie machte einfach weiter, zog uns groß. Sie blieb bei meinem Vater, weil man sich damals nicht scheiden ließ. Sie ging ihren vorgezeichneten Weg, ohne abzuschweifen, erfüllte ihre Pflichten, ihre Aufgaben als Mutter, bis sie erlosch, ohne die Tollheiten der Liebe erfahren zu haben, die uns dazu bringen, ein ganzes Land zu durchqueren, nur, um den anderen wiederzusehen. Diese Tollheiten, die Bauch und Hände erzittern lassen. Die es in Filmen gibt, die muss es auch in Wirklichkeit geben, denn Geschichten sind zwangsläufig von der Realität inspiriert.

Plötzlich erhellte sich die Nacht. Es war die Stadt, die Großstadt, Bordeaux, hinter uns die Autobahn, die Landstraße, hinter mir mein kleines Nest, die Küche mit den Kaffeetassen, hinter mir mein Bett und die kalten Laken, das Morgengrauen mit Andrieu, die immer gleichen Tage und mein kleines Dasein, mein kleines Leben als kleine verlassene

Frau um die fünfzig, wie es so viele gab. Ich war so banal, ich wusste es, hatte es immer gewusst. Ich hatte mich damit abgefunden. Da war keine Eifersucht in mir, wirklich nicht. Ich hatte nie jemanden beneidet. Ich akzeptierte meine Banalität. Andere waren schlimmer dran als ich, als wir, es gibt immer Schlimmeres.

Die Lichter erhellten sogar meine Beine im Auto, und ich sah mich leibhaftig, mehr denn je. Alles öffnete sich, während man mich einsperren würde. Alles glänzte. Da lag die Wahrheit: Ich sah überall Licht, endlich würde ich meinem Geheimnis ins Auge sehen, es vielleicht akzeptieren können, mir seiner bewusst werden, darin eintauchen wie in einen Ozean, das Wasser einsaugen und mich ein für alle Mal gereinigt fühlen.

Wir hielten vor einem Polizeirevier, zumindest nahm ich das an, das Gebäude war neutral, ohne Schild. Der Beifahrer öffnete die Autotür und packte mich brutal am Arm. Ich schlug mir den Kopf an, es tat nicht weh, jedenfalls spürte ich keinen Schmerz. Der andere, der Fahrer, schob mich zum Eingang des Gebäudes, er wirkte erschöpft. Er versetzte mir einen Tritt in den Hintern, um mich anzutreiben, ich wäre beinahe gestürzt. Der andere sagte: »Sachte, Alter!« Ich fühlte mich wie zwischen zwei Hunden. Genau, ich war eine Hündin zwischen zwei Hunden. Wobei Hunde so nicht sind. Nicht wie sie. Aber ich fühlte mich wirklich wie eine echte Hündin, die zahmste Hündin der Welt. Es tat mir gut, endlich einmal loszulassen, nicht mehr zu kontrollieren, es war so angenehm, endlich ich selbst zu sein. Hielten sie mich für verrückt? Ich würde ihnen diese Freude machen. Fanden sie mich zu alt für eine schnelle Nummer? Ich stand dazu: zu meinem Bauch, meinen Knien, meinen Ellbogen, meinen Händen, auch zu meiner Haut, die überall Falten wirft, nicht nur im Gesicht, am Hals, an der Brust, auch an Stellen, wo man es nicht vermutet, und das sind die schlimmsten. Aber ich stehe dazu. Ist mir egal. Ich sage das ohne jede Koketterie, es stimmt. Jugendlichkeit steckt ja im Blick, im Lächeln, im

Elan. Und das alles besitze ich noch, trotz meiner Falten, ich habe noch so viel Energie, und die werde ich ihnen geben, mit Vergnügen, denn das Leben draußen interessiert mich nicht mehr. Ich werde mich ausliefern, ohne Widerstand, und sie können mich noch so ohrfeigen, mich treten, ich werde nicht reden, nicht um mich schlagen, ich werde ihre Gewalt wie eine Liebkosung hinnehmen: Endlich kümmert sich jemand um meinen Körper. Begehren und Gewalt sind nie weit voneinander entfernt. Es ist schrecklich, aber so es ist. Schläge sind auch Berührungen, es ist die Haut, die empfängt. Also war ich bereit, alles zu empfangen.

Wir gingen in ein kleines Büro, die Wände waren schmutzig weiß. Sie stießen mich auf einen Stuhl. Ich war ihnen ausgeliefert. Ich empfand eine gewisse Genugtuung. Ich würde nicht jammern. Mich nicht wehren. Das war meine Form der Verachtung. Sie nahmen meine Handtasche und schütteten den Inhalt auf dem Schreibtisch aus, einfach so, sie wollten mich verunsichern, sie suchten nichts Bestimmtes. Dann nahm einer der beiden eine kleine Plastiktüte aus einer Schublade, für mein Handy, meine Schlüssel und meine Brieftasche. Meinen Lippenstift, eine Minihaarbürste, meine Puderdose mit dem Pinsel, zwei Briefe und einen Abholschein für die Reinigung ließ er liegen. Das alles war mir jetzt völlig egal, meine Haus- und Autoschlüssel, meine Kreditkarte, die paar Euros in meiner Brieftasche, und anrufen wollte ich ohnehin niemanden. Ich wollte hierbleiben, in diesem neuen Zuhause, düster zwar, aber immerhin besser als mein altes Zuhause. Das hatte ich verloren. Ich war nicht mehr Sylvie Meyer und wollte es nicht wieder sein. Ein neues Kapitel begann, und ich fühlte mich wohl. Ich musste noch einmal meine Personalien angeben, was ich tat, dann nahmen sie meine Fingerabdrücke ab und zerquetschten mir dabei fast die Finger, um mich gut spüren zu lassen, dass sie das Sagen hatten, nicht ich. Ich hatte keine Angst, das merkten sie, und das machte sie noch wütender. Danach verließen wir das Büro, gingen einen ziemlich langen Gang entlang, der immer enger zu werden schien, und da merkte ich, dass ich seit sehr langer Zeit nichts gegessen hatte, sagte aber nichts, weil ich sie um nichts bitten wollte. Der Brutalere der beiden packte mich an der Taille, schob mich durch eine Glasschiebetür mit zwei Riegeln und sagte: »Du hast die Nacht zum Nachdenken, oder auch mehr, blöde Ziege.«

Ich hatte den Brunnen wieder. Ich fühlte mich wieder wohler. Und schlief ein.

Die Zellentür wurde entriegelt, und das Geräusch weckte mich. Ein Bulle, den ich noch nie gesehen hatte, rief mir zu: »Wir verlängern den Polizeigewahrsam, das Gesetz ermächtigt uns dazu. Sie kriegen ein Sandwich und etwas zu trinken, reicht das?« Ich antwortete nicht, oder vielleicht nickte ich, denn ich hatte großen Durst, noch immer keinen Hunger, aber großen Durst. Ich dachte an meine Söhne, an meinen Mann, sie mussten es inzwischen wissen, und ich spürte in mir ein dumpfes Knacken, wie von einer Scheibe nach einem Steinwurf, ehe sie zersplittert.

Als er die Zelle aufsperrte, hatte ich – ich merkte es nicht sofort – ein beklemmendes Gefühl, aber es hatte nichts mit der Enge des Raums zu tun. Schließlich fühlte ich mich dort wohl. Man kümmerte sich um mich oder würde es früher oder später tun. Ich selbst brauchte mich um nichts mehr zu kümmern. Es war erholsam; fremd, aber erholsam. Beklemmung verspürte ich erst, als der Bulle kam, um mit mir zu reden. Und dann wieder, als er mir die Flasche Wasser und das Sandwich brachte. Er stand da direkt vor mir. Er schaute mich an, schweigend, dann verschloss er die Tür, die Riegel. Ich fühlte mich noch beklemmter, aber, noch einmal, es hatte nichts mit der Enge des Raums zu tun. Bald verstand ich und konnte es einordnen, ich bin ja nicht blöd. Es war sein Geruch, der mich erstickte. Ich kannte diesen Geruch allzu gut, hatte er mich doch so lange verfolgt, obwohl ich mich an jenem Abend gewaschen, meine Haut abgeschrubbt hatte, der Geruch war geblieben, an mir, in mir. Ein starker Geruch, ein Geruch nach Schweiß, und ich möchte betonen, nicht alle Männer riechen so. Aber er, der Bulle, sehr wohl, wie der Andere. Der Andere.

Es ist an der Zeit, über die Gewalt zu sprechen. Ich bin bereit. Jetzt habe ich die Worte, die Kraft. Ich habe nichts mehr zu verlieren. Von der Gewalt, die ich erfahren habe, die mir zugefügt wurde, die ich vergeblich versucht habe zu vergessen, von ihr werde ich jetzt endlich sprechen. Sie hat alles zerstört. Sie hatte sich in mir eingenistet, mit Andrieu tauchte sie wieder auf. Irgendwann musste ich mich wohl dafür rächen. Diese Gewalt hat eine Geschichte. Es ist nicht die schönste meiner Geschichten, aber die stärkste, denn sie hat alles mit sich fortgerissen.

Seit frühester Kindheit war ich gewohnt, zum Fluss zu gehen, ein paar Kilometer von zu Hause entfernt. Anfangs mit meinen Eltern, meinem Bruder und meinen Schwestern. Wir gingen zu der Stelle, die Familien vorbehalten war. Nicht ausdrücklich, aber die ruhige Lage sprach Familien an. Es gab einen noch geheimeren Ort, der mich zum Träumen brachte, aber er war verboten, es hieß, dort spielten sich Dinge ab, die ein Kind nicht sehen sollte. Ich hatte nicht gleich verstanden, wovon die Rede war, ich war noch ziemlich naiv, doch dieser Ort zog mich an.

Ich stellte mir allerart Geschichten von Monstern und Feen vor, niemals Frauen und Männer, die sich dort treffen könnten. Wir hatten eine bestimmte Grenze, die wir nicht überschreiten durften. Und wir hielten uns daran. Ein paar Meter am Fluss entlang, mehr nicht. Unsere Sonntage am Wasser glichen allen Familiensonntagen, außer dass meine Eltern sich nicht mehr verstanden, das wusste ich. Wie gesagt, ich fand es rührend, dass sie so taten als ob. Liebe währt nicht ewig, die Ehe hält nicht immer, was sie verspricht. Meine Eltern blieben zusammen, ließen sich nichts anmerken, und eigentlich bin ich ihnen deswegen böse. Sie hätten sich vor uns äußern, sprechen, weinen sollen. So wäre ich gewappnet gewesen, bereit, um meinen Mann zu kämpfen. Die Lüge ist das Schlimmste überhaupt. Sie verfolgt uns, und obwohl wir wissen, dass sie Gift ist, wiederholen wir sie. Ich habe auch nur wiederholt. Ich habe so viel gelogen. Deswegen stehe ich heute hier.

Es war schön am Fluss. Ich ging mit meinem Vater angeln, aber bei uns biss nie ein Fisch an, zu viel Lärm um uns, trotzdem fand mein Vater die richtigen Worte, er sprach von Ruhe und Geduld, er sagte, ich sei ein allzu nervöses kleines Mädchen, das die Fische verscheuche. Ich glaubte es ihm, aber es war weder meine Ungeduld noch meine Unruhe, die die Fische verscheuchte. Der Fluss war leer. Eines Tages würde ich ihn mit meinen Tränen füllen. Manchmal blieben wir bis zum Einbruch der Nacht, wenn es zu heiß war, um nach Hause zu gehen. Ich liebte diese Momente. Momente des Glücks, ungeachtet der Lügen meiner Eltern, es war die

Wärme der Pinien, die kleinen Grillstellen, die nach und nach wie Freudenfeuer aufleuchteten, das Lachen der aufgeregten Kinder, der Erwachsenen, die tranken und endlich miteinander sprachen, denn die Nacht bringt bekanntlich alle zusammen. Alles wirkte so friedlich, und auch wenn der Fluss keine Fische mehr barg, floss er so nah an uns vorbei, mit diesem besonderen Rauschen, dass wir glaubten, die Natur beschütze uns. Ich mochte es gar nicht, wenn wir gehen und den Wald durchqueren mussten, ich dachte, wir würden die Grenze zu den Monstern und Feen überschreiten. Aber es passierte nie etwas. Und weil nie etwas passierte, war ich überzeugt, der Fluss würde mich beschützen, auch später ohne meine Eltern, in jenem Sommer, als ich fünfzehn war. Wir waren eine Clique, Schulfreunde und die Jugend aus den Nachbardörfern, jeden Sommer kam ein Mädchen oder ein Junge dazu. Wir wurden immer mehr in unserer Gruppe, das gab uns ein Gefühl der Sicherheit, wir waren wie eine große Familie. Am Ende hatten wir alle einander mal geküsst, Mädchen und Jungen, manchmal Mädchen oder Jungen untereinander, aber das schockierte niemanden, es war nur ein Spiel der Gefühle für uns. Wir waren frei.

Jener Sommer war anders. Man könnte von einer Beschleunigung sprechen. Es war heißer, schwüler als sonst. Begehren lag in der Luft, es füllte alles aus, es war eindringlich, tat fast weh. Wir gingen früh zum Fluss, zu der verbotenen Stelle. Es gab weder Monster noch Feen, nur uns, die wir auf den Kieselsteinen knieten und uns küssten. Manche taten es, ich nicht, ich wollte noch warten, ich knutschte nur und ging nach Hause mit wunden Knien. Am nächsten Tag ging ich wieder hin, ich suchte nichts und fand auch nichts, ich lebte meine Jugend, und es war gut so. Eine Zunge auf meiner Zunge zu spüren. Einen Bauch an meinem Bauch. Und es war auch gut, sich noch zurückzuhalten. Ich glaubte an Prinzessinnen, wenn auch nicht unbedingt an Märchenprinzen, ich wollte meine Unschuld bewahren, nicht aus religiöser Überzeugung – so was gab es bei uns zu Hause nicht, und es fehlte mir manchmal, wir waren zu erdverbunden, besser gesagt zu sehr der Verzweiflung der Erde verbunden –, sondern vielleicht, um mir zu beweisen, dass meine Eltern unrecht hatten, dass sie sich irrten. Ich glaubte an das Glück. Ich glaubte so sehr daran. Ich dachte, ich wäre stärker als das Leben, stärker als der Kampf ums Dasein. Es ist wahrlich ein Kampf, das Leben: der Alltag, die Gewohnheiten und die Langeweile, die Einzug hält und die man nicht sehen, nicht erkennen will, die aber am Ende stets gewinnt. Ein Blutegel, diese Langeweile. Er saugt alles heraus, ohne dass man es merkt, bis zu dem Tag, an dem man ihn wie einen Schlag ins Gesicht zu spüren bekommt, aber dann ist es schon zu spät; zu spät, das Karussell ein letztes Mal – diesmal rückwärts – zu fahren, denn es funktioniert nicht mehr, und selbst wenn es noch ginge, hat man das Ticket verloren, und es gibt keine letzte Runde mehr, weil der Schalter endgültig geschlossen ist.

In jenem Sommer also, als ich fünfzehn war, hatte ich eine Begegnung. Sein Name war Gilles, er war fünfunddreißig. Sein Alter faszinierte uns; die Jungs, weil sie so sein wollten wie er, die Mädchen, weil es eine Herausforderung war, ihm zu gefallen. Er nannte uns »die Kids«. Er war Handelsvertreter für medizinische Produkte. Er war in ganz Frankreich unterwegs mit Medikamenten- und Spritzenschachteln auf dem Rücksitz seines Autos, das er ganz nah am Fluss parkte. Er hatte einen Weg durch den Wald gefunden, was uns beeindruckte, weil wir diesen Weg nicht kannten und uns fragten, wie er überhaupt zwischen den Pinien durchfahren hatte können. Er war ein Held für uns. Der Held unseres Sommers. Oft brachte er eine Kiste Rosé, Zigaretten und Schokolade mit, und wir umringten ihn wie kleine Spatzen. Er trug stets eine dunkelrote Hose und einen Matrosenpulli aus Wolle, trotz der Hitze, er sagte, dass ihm ständig kalt sei, weil er in Afrika gelebt habe und der Sommer in Frankreich für ihn wie der Nordpol sei. Um den Hals trug er ein Amulett, das Geschenk einer Frau nach einer »fleischlichen« Nacht, ein Wort, das ich mir merkte, weil wir es nicht verwendeten und es genauso magisch wie sein Amulett war, das er manchmal küsste, um das Schicksal zu beschwören und uns vor Unglück zu beschützen. Wir saßen alle da und hörten ihm gebannt zu, wie er von Afrika, Voodoo, einem blutroten Fluss und anderen Mirakeln erzählte. Ich vor allem. Ich konnte ihm stundenlang zuhören, ich liebte seine Stimme, die Art, wie er mich anblickte, meine Stirnfranse zur Seite schob, wenn sie mir über die Augen fiel. Er hatte schwielige Hände, aber die Geste war sanft, und ich spürte sie noch nachts beim Einschlafen in meinem Zimmer an meiner Stirn. Ich stellte mir vor, dass sein Amulett mich beschützte und dass auch ich eines Tages Afrika sehen, Grenzen überschreiten und aus diesem Kaff ausbrechen würde, in dem nicht viel mehr zu erwarten war als ein Leben wie das meiner Eltern.

Ich träumte von einer besseren Zukunft, obwohl ich wusste, dass alles vorgezeichnet ist und Träume nichts für Leute aus meinem sozialen Milieu sind.

Ich merkte bald, dass Gilles ein Auge auf mich geworfen hatte. Der Altersunterschied störte mich nicht. Er sagte: »Du bist wie eine kleine Schwester, aber nicht wie meine Tochter, dafür bin ich nicht alt genug, und du bist eigentlich gar nicht mehr so jung.«

Er nannte mich »mein Spatz«, »mein Herz«. Das gefiel mir, weil es die anderen vor Neid erblassen ließ. Ich muss gestehen, dass ich mir einen Spaß daraus machte. Ich wollte nicht mit ihm schlafen, aber um ehrlich zu sein, je mehr Zeit verging, umso mehr hatte ich Lust, ihn aufzustacheln. Wenn ich morgens aufwachte, erregte mich der Gedanke, ihn gleich wieder zu sehen. Er war zum Mentor unserer Clique geworden, was mir Ansehen verschaffte.

Ich fand ihn interessanter als meinen Bruder, interessanter als meinen Vater. Er war gereist, er wirkte frei, stark, geheimnisvoll. Er hatte tausend Pläne. Das machte ihn schön, attraktiv. Mit ihm fühlte ich mich wohl, entspannt, dabei war mir bewusst, dass er ein Schwätzer war, der vermutlich immer dieselben Geschichten erzählte, jeder neuen Bekanntschaft. Manchmal hielt ich ihn für einen Lügner. Dieser Gedanke gefiel mir sogar. Es machte ihn noch interessanter.

Er hatte stechend grüne Augen, tiefgründig. Darin strömten die Flüsse Afrikas, manchmal sah ich mein Spiegelbild aus nächster Nähe, wenn er mich an der Taille gepackt an sich riss. Ich konnte seine leichte Alkoholfahne riechen, was mich nicht störte, aber auch seinen Schweißgeruch, der aus ihm einen echten Mann machte, einen reifen Mann, nicht wie die Jungs, mit denen ich sonst verkehrte. Ich glaube, es war sein Alter, von dem ich mich angezogen fühlte. Er versuchte nie, mich zu küssen. Manchmal blickte er mir nach und sagte: »Du hast vielleicht einen knackigen Po, aber ich werde ihn nie anfassen.«

Der Sommer verging, einige Paare hatten sich gebildet, manche verließen unsere Clique und schlossen sich einer anderen an, am anderen Flussufer. Abends grillten wir, Gilles kümmerte sich um alles, er trank viel und vertrug auch viel, gab auch uns zu trinken, schenkte nach, sobald unsere Gläser leer waren, ich ließ es geschehen, der Rosé verlieh mir eine noch nie empfundene Heiterkeit. So musste es sein, erwachsen zu sein, dachte ich wohl in diesem Moment. Als hätte ich meine Kindheit hinter mir gelassen, mein Leben, das Dorf, meine Familie, und näherte mich jetzt diesem Mann an, den ich zwar nicht begehrte, der aber so klug war, mir einen besonderen Status zu verleihen: den des interessantesten Mädchens der Clique.

Er sagte, ich hätte das gewisse Etwas, ich sei geistreich und deshalb, davon sei er überzeugt, sei mir Großes beschieden. Ich glaubte ihm kein Wort, fühlte mich aber wohl bei dem Gedanken. Endlich gab mir jemand eine Chance. Eine Chance, an mich zu glauben. Eine Chance, an bessere Zeiten zu glauben. Eine Chance, die Fehler meiner Eltern nicht zu wiederholen. Eine Chance vielleicht, jemand zu sein. An manchen heißen Tagen badeten wir auch nachts im Fluss. Gilles machte nicht mit, er blieb am Ufer stehen, um auf uns aufzupassen, wie er sagte, ich wusste aber, er wollte bloß spannen.

Er zog nie seinen Pulli aus, es war seltsam, kümmerte aber niemanden. Er konnte seine Art, sein Anderssein blendend verkaufen, und er wurde respektiert. Schlimmer noch, er wurde bewundert. Schlimm, weil Bewunderung Gift ist. Man hütet sich nicht vor einem, den man bewundert. Nur wer verachtet, ist auf der Hut, wer Angst hat auch, aber nicht der, der bewundert. Ich hatte nie Angst vor Gilles, jedenfalls nicht während dieses Sommers. Er war nicht bedrohlich, ein bisschen fehl am Platz bei uns, aber ich hielt ihn für zerbrechlich. Als Einzige spürte ich da etwas. Ich fand es rührend, obwohl Gilles nichts Rührendes an sich hatte. Er verbarg eine Geschichte, eine Vergangenheit, und das spürte ich trotz meiner Jugend. Er konnte reden, und ich fand das stark. Meine Sprache war verkorkst, ich konnte keinen geraden Satz herausbringen, aus Schüchternheit und vermutlich auch aus Gewohnheit. Zu Hause wurde nicht wirklich geredet, über wichtige, intime Dinge, wir schauten einander auch kaum an, außer in diesem Sommer meine Mutter, die mich immer warnte, wenn ich zum Fluss ging; sie sagte, ich sei in einem gefährlichen Alter. Zu jung, um die Gefahr kommen zu sehen, zu alt, um es bleiben zu lassen. Ich verstand den Sinn ihres Satzes nicht, aber sehr wohl, dass sie auf Gilles anspielte. Sie hatte mich eines Morgens in sein Auto einsteigen sehen. Gegen Ende der Sommerferien holte er mich immer ab, und wir machten gemeinsam den Einkauf. Ein komisches Paar gaben wir da ab, aber es war mir schnurzegal. Es kam nie zu unangebrachten Gesten. In seinem Auto wäre es ein Leichtes gewesen. Nichts. Er strich nur manchmal mit seiner Hand über meine Wange, wie es ein Vater machen würde; ich wusste genau, dass er nicht mein Vater war, er war ihm auch gar nicht ähnlich, aber ich hatte trotzdem dieses Gefühl, wenn ich mit ihm in seinem Auto saß, nur dass ich da auf dem Beifahrersitz war, dem Platz meiner Mutter. Die Kindheit war vorbei, ich saß vorne, vor mir die Straße, Gilles und ich brausten durch die Gegend ohne Worte, ohne Musik, nur wir beide im ausgehenden Sommer. Er musste bald zurück in den Norden, seiner Arbeit wegen. Sein Auto war ein bisschen schmutzig, aber das störte mich nicht. Ich fühlte mich wohl mit ihm, mehr wollte ich nicht. Mehr erwartete ich nicht. Ich fühlte mich nicht wirklich zu ihm hingezogen, wollte ihm aber doch nah sein, einem Mann nah, der mich beachtete.

Die Mädchen aus der Clique fingen an, sich zu distanzieren. Ein Junge sagte einmal zu mir, ich sei ein tiefes Wässerchen und in Wirklichkeit eine ganz schön heiße Mieze. Gilles wies ihn sofort in die Schranken. Das gefiel mir an ihm: Er verteidigte mich, wie keiner zuvor mich je verteidigt hatte. Deswegen gab ich nicht acht. Wie gesagt, er machte mir keine Angst. Ich hatte volles Vertrauen zu ihm. Und in seinen Augen war ich unantastbar.

Es geschah, bevor wir zum Fluss fuhren. Wir erledigten wie gewöhnlich den Einkauf im Dorf, dann schlug er vor, mir seine Bleibe während seiner Aufenthalte in der Gegend zu zeigen. Nur ein paar Kilometer entfernt. Es bedeute ihm viel, mir nach all diesen gemeinsamen Wochen zu zeigen, wo er wohne. Das zeuge von Vertrauen und Freundschaft. Ich fand die Formulierung ein bisschen plump, aber es schien ihm eine Freude zu machen, also war ich einverstanden. Ich hatte nichts zu befürchten, davon war ich überzeugt. Ich spürte keine Gefahr, im Gegenteil: Ich fühlte mich in Sicherheit, es waren die gleichaltrigen Jungs, die sich nicht beherrschen konnten, und wenn sie besoffen waren, da konnte alles passieren. Gilles war reif, er sagte, dass man Frauen mehr als alles respektieren müsse, weil sie das Leben schenkten und dadurch Gott näher seien als die Männer. Frauen seien Engel, und ich sei deren feinsinnigste Verkörperung. Kein Junge hatte je so mit mir geredet. Keiner. Also ließ ich mir zeigen, wo er wohnte. Aus Neugierde und auch ein wenig aus Hochmut. Niemand war je dort gewesen. Ich fühlte mich geschmeichelt.

Wir fuhren etwa zwanzig Minuten. Meine Schenkel klebten am Autositz, weil es schon heiß war. Im Sitzen rutschte mein Trägerkleid hoch. Ich erinnere mich, dass Gilles zum ersten Mal ein Hemd trug, die Ärmel hochgekrempelt, ihm war heiß, mehr als sonst, sagte er, und er roch auch stärker. Ein beißender Schweißgeruch. Er rauchte wie mein Vater mit dem Arm draußen. Ich blickte auf die Straße, wir waren mitten auf dem Land. Die Stämme der Platanen entlang der Straße waren weiß getüncht, vom schnellen Vorbeiziehen wurde mir leicht übel. Er bog nach rechts ab, auf einen kleinen, nicht asphaltierten Feldweg, das Auto rumpelte, und auch vom Geruch von Gilles war ich nahe dran, mich zu übergeben. Als ich mich umdrehte, um nach dem Brot auf dem Rücksitz zu greifen, spürte ich, dass er mich beobachtete, meinen Rücken, meine Schultern, meinen Po. Aber es war nur ein Gespür, ich weiß nicht, ob er mich wirklich beobachtete. Dann dachte ich, es wäre nur Einbildung und ich hätte eigentlich nichts zu befürchten. Gilles war zwar ein bisschen seltsam, aber ein feiner Kerl. Schließlich war er stets galant: Er hielt uns immer die Tür auf, achtete darauf, dass niemand zu kurz kam, zündete den Mädchen die Zigaretten an. Ein feiner Kerl. Nicht so bescheuert wie die Jungs in meinem Alter. Ich nahm es mir übel, setzte mich wieder hin und sagte nichts.

Wir fuhren an Feldern vorbei, durch flaches, ödes Land, kein Bauernhof in Sicht, kein einziger Landwirt auf seinem Traktor. Ein Gewitter zog auf. Gilles pfiff leise vor sich hin, er schien glücklich zu sein, auch ich fühlte mich glücklich, und meine Übelkeit verging.

Hinter den Feldern kamen wir an ein verlassenes Stück Brachland mit verbranntem Gras und gefällten Bäumen. Jemand hatte hier ein behelfsmäßiges Haus gebaut: aus unverputzten Hohlblocksteinen, mit einem löchrigen Ziegeldach, einer Holztür und zwei kleinen Fenstern. Eine der Scheiben war kaputt. Ein Kabel lief an der Fassade entlang, zwei Kübel standen beim Eingang, und daneben war an zwei Pflöcken eine Leine gespannt, an der Wäsche hing: Unterhosen, ein Unterhemd, zwei dunkelrote Hosen und ein Badetuch mit einem sonnenförmigen Gesicht. Es war das Haus von Gilles. Er sagte: »Nicht gerade luxuriös, aber für einen Monat im Jahr reicht das völlig.« Ich fand es seltsam, dass er mir diese Bruchbude zeigen wollte, sie sprach nicht unbedingt für ihn, ich sagte aber nichts und stieg wie er aus dem Auto. Er hatte es neben einer Grube abgestellt, die wie ein Brunnen aussah.

Beim Gehen verknackste ich mir leicht den Knöchel, Gilles blieb stehen und fragte, ob alles in Ordnung sei oder ob er mich wie eine Prinzessin ins Haus tragen solle. Ich fand das süß, und das beruhigte mich, obwohl ich mich eigentlich fragte, was wir hier zu suchen hatten.

Als er die Tür öffnete und wir reinkamen, erkannte ich sofort seinen Schweißgeruch. Die Übelkeit war wieder da, aber ich sagte nichts. Das Haus bestand aus einem einzigen Raum, kühl und dunkel, aber die Kühle tat gut. Auf einem Tisch standen mehrere Gläser, zwei leere Weinflaschen, in der Spüle schmutzige Teller und eine Sardinendose. Direkt auf dem Boden lag eine Matratze, ein zusammengerolltes Laken, aber so genau schaute ich nicht hin, es war mir zu peinlich. Gilles gab mir einen Stuhl und fragte, ob ich etwas trinken wolle, ich bat ihn um ein Glas Wasser, woraufhin er mich eine Spielverderberin nannte, er habe Bier im Kühlschrank, ich fand, es sei zu früh dafür, er antwortete: »Wie du willst, ich nehme mir eins.«

Ich saß am Tisch und wunderte mich über die vielen Gläser und die Kippen im Aschenbecher, da Gilles sagte, er kenne niemanden in der Gegend außer unserer Clique, den Kids. Ich vermutete, es waren seine Gläser, die er sich nicht die

Mühe gegeben hatte aufzuräumen. Vielleicht waren seine Afrikageschichten nur erfunden. Vielleicht war er in Wirklichkeit ein armer Kerl, eine Art Obdachloser, ein Streuner, der einfach irgendwo Unterschlupf suchte. Ich begann, mich leicht unwohl zu fühlen, was er bemerkt haben dürfte, denn er sagte: »Ich komme gleich wieder, ich gehe raus pinkeln.«

Als er rausging, hörte ich, wie er die Tür verriegelte. Da nahm ich zwei Schluck aus seinem Bier. Ich war wie gelähmt vor Angst.

Als er zurückkam, sagte er: »Hey, so ist es mir lieber! Du kriegst dein eigenes, und wir stoßen an, ich freue mich so, dich dazuhaben, toll, dass ich das hier teilen kann, mit dir allein.«

Ich versuchte, mir einzureden, dass es toll war, versuchte, meine Übelkeit zu vertreiben, also stand ich auf, nahm das Bier, das er mir reichte, trank einen kräftigen Schluck, es war schön kalt, ich fühlte mich eine Spur besser, bis er den Schlüssel zweimal umdrehte und ihn in seine Hosentasche steckte. Ich tat, als wenn nichts wäre. Und fing an zu reden, um Zeit zu gewinnen.

Ich erinnere mich beinahe an jedes einzelne Wort dieses Gesprächs, das ich in die Länge zu ziehen versuchte, so gut ich konnte, denn sein Ende, das wusste ich, würde der Anfang meines eigenen Endes sein.

Wir redeten lange. Er sagte, meine Freunde wären keine wahren Freunde, ich täuschte mich auf der ganzen Linie, das hätte mit Freundschaft nichts zu tun, auf einen Freund müsse man Tag und Nacht zählen können, und er sehe sehr wohl, dass die Mädchen und Jungs vom Fluss mich nicht richtig schätzten. Ich widersprach, ich war nicht einverstanden, er begann, lauter zu reden, dann beruhigte er sich wieder. Er sei mein wahrer Freund, er allein, er habe nur mein Wohl im Auge, wirklich, nicht wie diese Blödmänner, die nur eines im Kopf hätten: mich flachzulegen. Er sei nicht so. Er sei einfühlsam. Er kenne das Leben, und Mädchen wie mich habe er nicht viele gekannt. Ich sei sein Spatz, sein Juwel. Er werde sich gut um mich kümmern, denn ich verdiene es, das habe er gleich bei unserem ersten Blickkontakt gespürt. Er möge diese Melancholie an mir nicht, sie sei nicht normal in meinem Alter. Ich sagte, ich sei mit allem einverstanden und nähme seine Freundschaft an. Ich suchte eine Fluchtmöglichkeit, aber die Fenster waren winzig, die Tür versperrt, der Schlüssel in seiner Hosentasche, unmöglich ranzukommen. Ich wollte Zeit gewinnen. Sagte, ich sei geschmeichelt, dass sich ein so toller Mann für mich interessiere, dass mir so etwas noch nie passiert sei und vermutlich nie wieder passieren werde, dass er einzigartig sei und ich ihm mehr als sonst wem vertrauen würde, alles in der Hoffnung, er würde auf meine Schmeicheleien hereinfallen. Das war natürlich ein Irrtum. Er wurde wieder wütend, fing an zu schreien, alle Weiber seien kompliziert, er habe ihretwegen schon so viel einstecken müssen, er wolle keine mehr, allein die Freundschaft zähle, alles Schlampen, er verachte sie, vor allem die geilen Fotzen vom Fluss, die mit den Hüften wackelten, mit ihren geilen Ärschen in den geilen Shorts, nur um ihn aufzureizen, aber das errege ihn nicht. Er wolle die perfekte Frau, die Einzigartige, und ich sei nahe dran, und wenn er an mich denke, überkomme es ihn und steige ihm zu Kopf. Meinetwegen könne er nicht mehr schlafen.

Um ihn zu besänftigen, fragte ich, ob er Besuch bekommen habe, wegen der vielen Gläser auf dem Tisch. Er antwortete, dass Kumpels vorbeigekommen seien, spät in der Nacht, als er vom Fluss zurückgekehrt sei, er sei sehr müde gewesen, aber Kumpels könne man nicht abweisen, denn allein die Freundschaft zähle, übrigens habe er von mir erzählt, und einer von ihnen wolle mich kennenlernen. Als er sagte, dass der besagte Typ bald kommen werde, stand ich auf und stürzte zur Tür, die war zwar verschlossen, aber ich tat, als wüsste ich es nicht, da brüllte er: »Was machst du für einen Scheiß?« Ich antwortete leise: »Ich glaube, ich muss auch Pipi.« – »Mein Spatz, nicht jetzt, später, komm mich zuerst verwöhnen, ich brauche das jetzt.«

Ich konnte seinen Schweiß riechen, das war mein Ende, ich versuchte noch einen letzten Trick, dachte, dass ich ihm mit Zärtlichkeit den Kopf verdrehen, ihm den Schlüssel wegnehmen und davonlaufen könnte. Ich näherte mich ihm, da packte er meinen Arm, drückte seinen Mund gegen meinen, zwang seine Zunge hinein. Dann packte er meinen Kopf mit beiden Händen, stand auf und presste sich an mich, sein Glied war hart, er riss die Träger von meinem Kleid, und im Rücken spürte ich seine Fingernägel, lang wie die einer Frau.

Ich konnte mich nicht rühren, nicht wehren. »Na, siehst du, du bist wie die anderen, eine Schlampe! Ich soll es dir besorgen, das ist es doch, was du willst!« Nichts kam aus mir raus, nichts rührte sich in mir, ich war ihm ausgeliefert, und er brüllte weiter: »Wie die anderen, das ist es, was du willst!

Meinen Schwanz in dir, damit du endlich besprungen wirst und vor den anderen Weibchen rumstolzieren kannst und eine von ihnen bist. Das wollen sie doch alle, die Gören in deinem Alter, ihr ziert euch, gebt euch schamhaft, aber in Wirklichkeit denkt ihr nur an das eine, wie besessen, aber ich sage dir, das ekelt mich an. Ja, Sylvie, du ekelst mich an.«

Ich dachte, ich hätte noch eine Chance, also streichelte ich sein Gesicht und sah ihm geradewegs in die Augen. Als er mich gegen die Tür drängte, glaubte ich, er wolle raus, es sei vorbei, und ich könne alles vergessen, ihn vergessen, im Grunde sei es nicht so schlimm gewesen, aber er holte eine Brust aus meinem Büstenhalter, saugte daran, lange, und der Geruch war immer noch da, die Übelkeit, ich dachte an die Platanen, weiß getüncht, damit die Autos nachts nicht daran zerschellten, jetzt war ich es, die verunglückte. Dann steckte er seine Hand in meinen Schlüpfer. »Das ist das Einzige, das du verdienst. Er ist zu schade für dich, ich gönne ihn dir nicht.« Ich spürte seine Finger in mir, zwei, dann drei. Sie drehten sich, als würde er etwas suchen. Es dauerte nicht lange. Mit einem scharfen Ruck zog er die Finger raus und sagte: »So.«

Er sperrte die Tür auf, draußen war die Erde durchnässt, das Gewitter war losgebrochen, und ich hatte es nicht gehört, ich klemmte mein Kleid unter den Achseln fest, wir gingen wortlos zum Auto, ich spürte den Himmel so nah. Ich hätte ihn berühren können, den Himmel. Die Rückfahrt kam mir länger vor. Er rauchte, wieder mit dem Arm draußen, ich wünschte mir, ein Lastwagen würde etwas zu nah vorbeifahren und ihm den Arm abreißen. Er hatte einen Tick mit dem Mund, ein Geräusch, er schnalzte mit der Zunge am Gaumen, die widerte mich am meisten an, seine Zunge. Ich fror, zitterte. Ich hatte die Arme über meine Brüste gekreuzt, sie taten mir weh. Bei mir zu Hause ließ er mich aussteigen, ohne einen Blick, am liebsten hätte ich ihm ins Gesicht gespuckt, aber aus Angst vor seiner Reaktion tat ich nichts. Zum Glück war niemand zu Hause. Alle waren draußen, es war noch Sommer, und mir war so kalt. Ich fühlte mich schmutzig, nicht beschmutzt, schmutzig. Ich sperrte mich im Badezimmer ein. Ich traute mich nicht, in den Spiegel zu schauen. Ich fühlte mich schuldig. Ich zog mein zerrissenes Kleid aus. Die Brust, an der Gilles gesaugt hatte, war gerötet. Als ich meine Unterhose auszog, sah ich darin Blut, das einen kleinen Stern gezeichnet hatte, gewundene Zacken, kein regelmäßiges Muster, aber doch ein Stern. Das überraschte mich, denn ich dachte, bei der Entjungferung würde man viel mehr Blut verlieren. Ich ließ heißes Wasser über meinen ganzen Körper fließen, leerte die ganze Flasche Duschgel, dann schloss ich mich in meinem Zimmer ein. Ich weinte nicht, streichelte nur mein Geschlecht, versuchte, Lust in mir zu wecken, ein seltsamer Reflex, den ich nicht weiter ergründen wollte. An jenem Abend, beim Essen, merkte niemand etwas. Meine Mutter sagte bloß: »Gut siehst du aus. Die Ferien bekommen dir.« Ich antwortete nicht und zählte nur noch die Tage bis zum Schulbeginn.

Die Jahre vergingen, ich tat, als hätte ich es vergessen. Als ich an meinem Hochzeitstag mein Kleid mit einer Kirsche befleckte, begriff ich, dass Gilles noch immer Kontrolle über mich hatte. Und als der Bulle mir das Sandwich und die Flasche Wasser brachte, war es immer noch Gilles, der vor mir stand. Und ich empfand Ekel vor mir selbst, weil ich ihn für den Bruchteil einer Sekunde begehrte.

Die Tage danach

Es sieht nicht aus wie ein Gefängnis, ist aber trotzdem eins, ich darf nicht rausgehen, mein Tagesablauf ist genau festgelegt, meine Spaziergänge sind eingeschränkt. Das Fenster in meinem Zimmer ist vergittert. Es sind vier dicke schwarze Stäbe, die unmöglich durchzusägen sind, selbst wenn es mich danach verlangte. Aber das Verlangen habe ich gar nicht. Ich fühle mich hier beschützt. Ich habe eigentlich nicht verstanden, worin meine Behandlung besteht, aber ich habe meine tägliche Therapie sofort hingenommen. Mehrmals am Tag eine Pille, wahrscheinlich, um meine Nerven zu beruhigen, obwohl ich mich noch nie so friedlich gefühlt habe. Ich stelle mir keine Fragen. Ich will nichts wissen. Ehrlich gesagt, es interessiert mich nicht – oder nicht mehr; ich bin am Ende von etwas angekommen und erwarte mir keinen Neubeginn. Zum ersten Mal bin ich an einem festen Punkt auf einer Linie und will mich davon nicht entfernen. Da fühle ich mich wohl, im Gleichgewicht, und, um ehrlich zu sein, ich habe mich wirklich noch nie so wohl gefühlt. Noch nie. Nicht einmal, als ich meine zwei Söhne zur Welt gebracht habe. Dabei dachte ich damals, es würden für immer die schönsten Tage in meinem Leben bleiben, die vollkommensten, ich hatte zwei Mal geboren, und nichts könnte mich je mit mehr Ruhe erfüllen. Ich hielt es für ein so großes Wunder, eine derartige Freude, dass mein Körper fortan wie mit einem Panzer gegen alle Widrigkeiten geschützt wäre. Der Panzer aber ist geborsten, und ich war ihnen ausgesetzt. Und das Wunder habe ich darüber vergessen, auch wenn ich meine Söhne mehr als alles liebe. Ich weiß nicht, ob sie mich besucht haben. Ich kann mich nicht daran erinnern. Gleiches gilt für meinen Mann. Ja, ich nenne ihn noch »meinen Mann«, so sehe ich ihn, es ist wie in Stein gemeißelt. Ich hatte nur diesen Mann und werde immer nur den einen haben. Also ja, ich sitze hier im warmen Nest. Man erwartet nicht viel von mir. Ab und zu ein Gespräch mit einem Arzt. Er untersucht mich, Bauch, Hals, Augen, stellt Fragen, die ich nicht beantworte. Ich weiß es zu schätzen, dass er nicht darauf drängt und mich ins Zimmer zurückgehen lässt, ohne dass ich ein Wort gesagt habe. Das gibt es selten. Im Leben muss man doch immer jedem Wort, jeder Handlung einen Sinn geben. Immer alles begründen. Man ist nie richtig frei. Aber ich brauche meine Tat nicht zu begründen. Ich hatte einfach nur Lust dazu.

Manchmal darf ich in den Garten gehen. Er ist groß, viel größer als unser Garten, auf den mein Blick fiel, vom Küchenfenster aus, wenn ich allein und im Stehen meinen Kaffee trank, bevor ich zu Cagex fuhr. Hier gibt es Pappeln, die sich im Winde biegen, und ich finde das poetisch, denn sie sind frei, sie umspannen den Himmel, wie es kein Mensch je vermögen wird, wir sind so klein angesichts der Natur, auch so erbärmlich, wenn wir sie zerstören. Mir bedeutet die Natur viel. Sie ist wie eine Mutter. Und sie wird sich eines

Tages rächen. Misshandelte Mütter rächen sich immer. Genau das habe ich getan. Ich habe alles zerstört, in einer einzigen Nacht. Ich weiß, so etwas darf man nicht sagen, aber heute bin ich froh, keine Mutter mehr zu sein, froh, diesen Status verloren zu haben. Es ist, als ob ich endlich leben, für mich allein leben würde. Letzten Endes lebt niemand für sich allein. Wir brauchen immer den Blick des anderen, um uns lebendig zu fühlen. Es ist wieder diese Bindung: Kaum haben wir die Nabelschnur durchtrennt, suchen wir nach einer neuen Bindung, weil wir uns vor der Leere fürchten. Ich habe keine Angst, ich liebe die Leere, die mich umgibt, sie ist erfüllt von mir, ich bin ganz ich, und das liebe ich. Ich bin in meinem eigenen Raum und meinem eigenen Vakuum. Ich erwarte mir von niemandem etwas, und ich kann mich mit mir selbst füllen oder mir entfliehen. Ich bin fest und flüssig zugleich. Ich kann alle Formen annehmen und auch nichts sein. Es hat keine Bedeutung mehr, zählt nicht mehr. Alles geht zu Ende, um von Neuem zu beginnen oder auch nicht. Nachts höre ich die Pappeln rascheln. Ihre Blätter klingen wie Pauspapier, das man zusammenknüllt. Es ist ein sanftes Geräusch. Ich habe jetzt ein Einzelbett, ich schlafe nicht mehr auf dem Schatten meines Mannes. Jetzt fügen sich die Dinge zusammen, es gibt kein Vakuum, kein Warten mehr. Als ob meine tausend Stücke, die früher auf dem Boden herumlagen, sich zu einem Ganzen vereint hätten. Ich habe mich noch nie so aufrecht, so lebendig gefühlt, obwohl ich liege. Ich bin fest verbunden mit dem Raum, der mich umgibt, er ist zwar geschrumpft, aber er gefällt mir, denn mein Körper hat darin seinen Platz gefunden, sich bis in die vier

Ecken meiner Zelle geschmiegt, sie ist wie ein Kinderzimmer, allerdings ohne die Zeichnungen und die Farben und auch ohne die Spielsachen, aber schön klein und tröstlich. Ich brauche nichts. Ich darf schreiben, sie haben mir Papier und einen Kugelschreiber gegeben. Sie haben gesagt, es sei wichtig, sich auszudrücken oder in Kontakt mit der Außenwelt zu bleiben. Ich schreibe nicht für mich, aber ich werde meinem Mann schreiben. Andrieu werde ich nie schreiben, ihm nie sagen, dass ich meine Tat bereue, dass es mir leidtut, ihm Angst eingejagt zu haben, falls er Angst gehabt hat. Was ich bezweifle, Andrieu ist gefühllos. Es gibt solche Menschen, an denen geht alles spurlos vorbei. Ich hingegen bin schon so gezeichnet, dass selbst der Wind in den Pappeln seine Spuren auf meiner Haut hinterlassen könnte. Mich schützt keine Wand mehr, und ich möchte mich auch nicht mehr schützen. Vielleicht ist es das, worum es im Leben geht, im wahren Leben: die Lebewesen und die Elemente umspannen, mit seiner Umgebung eins sein, sich durchstrahlen, durchdringen lassen, alles nehmen, bewahren, nichts ablehnen, ausnahmsweise einmal alles mit sich geschehen lassen. Wegen Gilles habe ich niemandem vertrauen können. Ich hatte ständig den Verdacht, dass alle mir Böses antun wollen. Ja, ich sehnte mich sogar danach, denn ich konnte das Warten darauf und die Furcht davor nicht länger ertragen. Und ich entwickelte eine Strategie, dass es geschehen musste. Und es geschah. Sicher war ich schuld daran. Weil ich Gilles tief in mir behalten habe und ihn nicht loswerden konnte. Er saß im warmen Nest, in meinem Schoß, und ich habe ihn gehütet. Ich habe nichts getan, um ihn zu vertreiben. Wenn ich an etwas Schuld trage, dann liegt diese allein darin: dass ich einen Eindringling in mir getragen habe. Ich bin mit ihm groß und alt geworden. Mit dem Phantom in mir. Ich war mir dessen nicht bewusst, aber jetzt weiß ich es.

Der Brief

Mein Liebster,

ja, siehst Du, ich nenne Dich noch mein Liebster, das wirst Du immer bleiben, ich kann nicht anders. Als Du gesagt hast, dass Du gehst, habe ich versucht, es hinzunehmen und so zu tun, als ob nichts wäre. Ich habe nicht gewagt, Dich zurückzuhalten, das bedaure ich jetzt. Es schien normal, dass Du gehst, aber im Grunde war es nicht normal. Ich habe mich damit abgefunden, und das hätte ich nicht tun dürfen. Ich habe nie gelernt, darum zu kämpfen, geliebt zu werden, ich fand mich selbst nie liebenswert, war nie fähig, Liebe anzunehmen, Liebe wahrzunehmen, wenn sie kam, sie zu hegen, ehe sie ging. Mir fehlte diese Klugheit, diese Geduld, die manche Frauen haben mögen, schließlich bin ich nicht die beste aller Frauen, und auch nicht die verdienteste, denn ich bin mir sicher, dass man sich Gefühle verdienen muss, und ich habe Dich vernachlässigt. Wir hätten reden sollen, aber das fiel uns beiden nicht leicht. Heute, in meinem Ruhezustand – ich könnte sagen Ruhestand, weil es hier ein wenig wie in einem Sanatorium ist, wenn man von den Gittern absieht, vom Rechtsanwalt, der mich ab und zu besucht, vom Ausgangsverbot und vom hohen Schiebetor, das den Garten trotz seiner Blumen, Pappeln und zwitschernden Vögeln zu einer Festung macht –, ja, heute rede ich endlich mit Dir. Ich weiß nicht, was ich hier soll. Ich weiß, dass ich eine Dummheit gemacht habe, aber nicht, ob das hier wirklich mein Platz ist. Ob ich diesen Platz verdiene. Weißt Du warum? Natürlich weißt Du das nicht. Weil ich mich hier wohlfühle. Ich fühle mich in Sicherheit. Eine Sicherheit, die ich bis jetzt nicht kannte, glaube ich. Du wirst bestimmt denken, dass ich verrückt bin, aber es ist wahr. Es ist, als hätte ich diesen Ort immer gesucht, auf diesen Moment gewartet, da ich nicht mehr der wirklichen Welt angehöre, die mir zu unwirklich geworden war. Ich war aus der Mitte gefallen. Aber was heißt schon Mitte? Wir sind doch alle aus unserer Mitte versetzt und verrückt. Wir sind alle irgendwann vom Baum gefallen. Wir haben versucht, Ast für Ast wieder hochzuklettern, vergeblich. Es ist so schwer zu wissen, was man will, was man erwartet, was man ersehnt. Als Du noch bei mir warst, sah ich Dich nicht, weil Du mich nicht mehr sahst. Wir schauten einander nicht mehr an. Mit uns beiden war es längst vorbei. Hatte es eigentlich je angefangen? Aber ich versichere Dir, ich habe Dich geliebt. Ich wusste nur nicht, wie man liebt, und du wusstest es auch nicht. Zwei Gefühlsbehinderte. Seit ich hier bin, glaube ich, habe ich gelernt, zu reden, die Dinge beim Namen zu nennen, auch, besser zu schreiben, das merkst Du diesem Brief sicher an. Obwohl ich hier mit niemandem rede außer endlich mit mir selbst, verstehst Du? Ich habe aufgehört, mich selbst zu belügen. Ich habe mich meinem Geheimnis gestellt, noch habe ich die Kraft nicht, es Dir anzuvertrauen, aber ich weiß, eines Tages werde ich es können, wenn der Tag denn kommt. Wir wissen nie, was die Zukunft bringt.

Am Tag unserer Hochzeit überkam mich eine schlimme Vorahnung. Ich dachte, alles sei von vornherein verloren. Das Leben gab mir recht. Ich hätte den Lauf der Dinge ändern können oder sollen, möglich ist das immer, ich weigere mich, an das Schicksal und an dummes Zeug in der Art von »Es steht geschrieben« zu glauben. Das will ich nicht. Ich bin schuld, Du bist auch schuld, unser Scheitern haben wir uns beiden zuzuschreiben. Zwei Leben voller harter Arbeit, das ist es, was wir führten. Eine Plackerei. Trotzdem weiß ich, dass Liebe nicht nur anderen vorbehalten ist. Es gibt sie nicht nur in Magazinen und Seifenopern. Wir sagen uns, mit ein bisschen Glück wird der Wind schon zu unseren Gunsten drehen. Natürlich dreht er nicht, doch wenn man sich nicht ganz verschließt, spürt man, woher er weht. Unsere Liebe war da, nicht vollkommen, aber ganz ansehnlich, ein Tag folgte dem anderen, wir hatten zwei Söhne, ein Haus, kleine Träume, das stimmt, aber wer kann sich bitte heutzutage große Träume leisten? Wir haben das Glück nicht ergriffen, nicht erkannt. Es war für uns kein Thema. Wir hatten dafür keine Zeit.

Hier bin ich wie ein Kind, vielleicht gefällt es mir deswegen so. Ich stelle mir vor, dass ich wiederaufbauen kann, was ich beschädigt und zerbrochen habe. Dass ich vielleicht noch eine Chance habe. Und weißt Du, selbst wenn diese Chance nicht kommt, ist es nicht schlimm, schließlich bin ich nicht mehr zwanzig, meine Jahre liegen hinter mir, sie waren weder schön noch hässlich, sie waren nichts, und doch waren sie alles, denn ich habe sie mit Dir verbracht.

Als Du gegangen bist, fand ich mich in jenem Sommer wieder, als ich fünfzehn war. Es war kalt, aber meine Haut war warm, als ob mich noch jemand umarmen und auf seine Art lieben würde.

Als Du gegangen bist, habe ich nichts gesagt, nicht einmal geweint. Ich habe getan, als ob nichts wäre. Ich habe den Jungs zuliebe weitergemacht, vielleicht auch ein klein wenig mir zuliebe. Meine Arbeit bedeutete mir viel, sie gab mir Kraft, ich konnte nicht scheitern. Ich durfte es nicht, konnte es mir nicht leisten. Es ist leicht lachen über den Trübsinn anderer. Er spielt keine Rolle. Es heißt, marschieren oder krepieren, und ich hatte nicht das Recht, zu krepieren.

Ich habe Dich nie gefragt, ob Du jemand anderen kennengelernt und mich ersetzt hast, obwohl man eigentlich niemanden ersetzen kann, da jeder im Prinzip einzigartig ist. Ich glaube schon, denn du hattest das Bedürfnis, von jemand anderem wahrgenommen zu werden. Wir kamen uns nicht mehr sehr nahe, ich hätte schon können. Sex mit Dir war kein Problem, war es nie gewesen, jedenfalls nicht am Anfang. Ich begehrte Dich. Ich bin zwar nicht jedes Mal gekommen, aber Dich zu spüren tat gut. Ich schreibe Dir das, weil es das nicht oft gibt. Man kann nicht ohne Lust leben, das ist unmöglich. Ich frage mich überhaupt, ob Liebe und Begehren nicht Hand in Hand gehen; wie zwei Freunde, zwei Feinde auch, die einander auffressen, ausschließen. Wie soll man das wissen, wie soll man wählen? Weißt Du das, mein Liebster? Ich weiß nicht, ob man die beiden voneinander trennen kann. Männer vielleicht, uns Frauen ist es unmöglich. Ich weiß auch nicht, warum. Vielleicht aus Angst, als

Schlampe dazustehen. Ich war nie eine Schlampe. Ich habe Dich nie betrogen. Und als Du gegangen bist, habe ich nicht nach einem anderen Mann gesucht. Mir war nicht danach, nicht einmal in Gedanken. Das Duschwasser tat weh. Die Luft, die ich einatmete, tat weh. Meine Hände auf dem Lenkrad taten weh. Das Haus ohne Dich tat weh. Dich in unseren Söhnen zu erkennen, tat weh. Mein Bauch ohne Dich tat weh. Ich war ohne Vergangenheit und konnte mir keine Zukunft vorstellen. Die Zeit war stehen geblieben, und ich hatte nicht einmal Lust, alles liegen zu lassen, aufzugeben, mich am Straßenrand hinzulegen, ja, ich gebe es zu, das wäre mir lieber gewesen. Aber ich konnte nicht loslassen und wollte nicht loslassen. Dann kam diese Nacht mit Andrieu, und im Nachhinein, auf die Gefahr hin, Dich zu schockieren, kann ich Dir sagen, es wäre besser gewesen, ich hätte mit ihm geschlafen und so das Machtverhältnis zwischen ihm und mir wiederhergestellt. Das Absurde an der Geschichte ist, dass am Ende ich ihn unterdrückte. Ich war stärker als er geworden. Ich war schlimmer als er geworden. Und Abend für Abend nahm ich die Wut mit nach Hause. Und konnte mit niemandem über diese Wut reden. Also gewann sie an Raum, bis sie schließlich aus mir herausbrach. Ich hätte Dich anrufen, es Dir erzählen können, hatte aber keine Lust mehr dazu. Ich stellte mir Dich mit einer anderen vor. Ich verübelte es Dir nicht. Es war Dein gutes Recht. Niemand gehört dem anderen. Diese Vorstellung fiel mir nicht schwer. Es war wie ein Gemälde, das ich aus der Ferne betrachtete. Ich stellte mir Dich ein wenig unsicher mit einer Jüngeren vor, in unserem Alter sind sie immer jünger, ein Klassiker. Du lädst sie auf einen Drink ein, dann fährst Du sie nach Hause. Noch traust Du Dich nicht, ihre Hand zu nehmen, schließlich bist Du noch der Mann einer anderen Frau, Deiner Frau, und vor allem ein Vater. Am frühen Morgen rufst Du sie an, um ihr einen schönen Tag zu wünschen, und den ganzen Tag wartest Du darauf, dass sie Dich zurückruft, was sie vorerst nicht tun wird, denn so ist die Jugend: schwierig. Eines Tages lädst Du sie zum Essen ein, bestellst zum Aufwärmen einen Kir royal, dann ihr Lieblingsgericht, zweimal, obwohl es nicht Deins ist, Du trinkst ein wenig Wein, und schließlich, leicht angeheitert, gestehst Du ihr, wie wohl Du Dich mit ihr fühlst, aber es sei nicht so einfach, denn Du kämst frisch aus einer Beziehung. Du kannst warten, hast alle Zeit der Welt, dabei hast Du mit mir so viel Zeit verloren. Du denkst, dass Frauen rätselhaft sind, aber mit der Zeit geben sie nach, ja, in Deinem Kopf und durch Deine Erziehung bist Du Dir sicher, dass eine Frau einen Mann braucht, vor allem einen starken Mann, und das warst Du auch immer. Schließlich habe ich es Dir doch oft gesagt, Deine Schultern, Dein Wille, Deine Härte bei diesem Scheißjob, den Du hattest. Dadurch konntest Du den Kredit aufnehmen, Dir Haus und Auto leisten, manchmal einen Urlaub am Meer, nicht oft genug, aber doch so oft, dass die Jungs sich daran erinnern können und dankbar sind. Du konntest für Deine Familie sorgen und sie beschützen, soweit das eben möglich ist. Nach einer Weile spürst Du, wie sie dank Deiner Beharrlichkeit nachgibt. Es geschieht subtil, langsam, aber es geschieht. Sie kommt Deinen Anrufen zuvor, ruft Dich tagsüber zurück, schreibt Dir eine Nachricht: »Du fehlst mir. Ich glaube, ich bin dabei, mich in dich zu verlieben, auch wenn ich es vielleicht nicht sollte.« Peu à peu hat sie Deinen Raum eingenommen, und Du den ihren. Schließlich lädst Du sie eines Abends zu Dir nach Hause ein, in Dein kleines Zuhause, es ist nicht leicht, mit dem Kredit für Dein Haus, der noch nicht abbezahlt ist, mit Deinem Hungerlohn, den Alimenten für Deine Kinder, aber es geht, Du bist frei. Am Anfang bleibt sie nicht über Nacht, das versteht Du. Und sie ist froh, dass Du sie verstehst, natürlich ist sie das. Und eines Tages, an einem Freitagabend, da kommt sie mit einer größeren Tasche als sonst. Da verstehst Du, dass sie über Nacht und vielleicht übers Wochenende bleiben wird, ein Sieg für Dich, ein kleiner Sieg, aber dennoch ein Schritt in die Zukunft, Du hast Dir doch diese Zukunft ohne mich so sehr gewünscht. Und Du hast recht, sie bleibt. Du hast ein wenig Angst, denn Frauen machen Männern Angst, sie sind kompliziert, kein Körper gleicht dem anderen, jeder funktioniert auf seine eigene Weise, es gibt keine Regeln, keine Gebrauchsanleitung, man muss es selbst herausfinden, und wenn es einem nicht gelingt, dann wird alles noch komplizierter. Mit der Liebe. Du willst das Licht nicht anlassen, Du willst ihren Körper nicht sehen, und sie soll Deinen nicht sehen, Du bist dabei, mich auszulöschen, aber es tut Dir weh, denn Du bist ein Gefühlsmensch und ein Nostalgiker. Ihr küsst Euch, und Du denkst an unser Schlafzimmer, an die langweiligen Abende und an die ausgelassenen, wenn wir in Feierstimmung waren. Vielleicht denkst Du auch an mein Gesicht und meine Haut, aber wohl eher nicht, Du hast mich ja nicht mehr angesehen, auf alle Fälle denkst Du an unsere Gewohnheiten, und das gefällt Dir nicht, also machst Du die Augen zu, schaltest das Licht aus und legst Dich auf sie, als wäre sie eine unberührte Insel, nur mit Dir verankert, ohne Verbindung zu Deiner Vergangenheit, und Du lebst wieder auf. Ihr lacht, esst zu Mittag, dann zu Abend, liebt Euch noch einmal, manchmal bekommst Du einen hoch, manchmal nicht, aber das macht nichts, es ist Dir egal, und ihr auch, dennoch sagt sie oft: »Das macht doch nichts, das kann schon mal passieren, weißt du.« Am liebsten küsst Du sie, ganz lange, wie ein Teenager in seinen Anfängen, Dir dreht sich der Kopf, und es tut Dir leid um all die Tage, die Du an meiner Seite verloren hast. Dann verjagst Du den Teenager und wirst wieder zum Mann, aber zu einem Mann, den ich nicht kenne. Auf der Straße hältst Du Deinen Arm um ihre Taille, einmal holst Du sie mit Blumen von der Arbeit ab, und als Du sie mitnimmst in einen kleinen Landgasthof inmitten einer hügeligen Landschaft, sagst Du ihr, dass Du Dein Leben gerne neu beginnen möchtest, wenn man überhaupt neu beginnen kann; aber wir beide wissen doch, dass das nicht möglich ist. Sie glaubt Dir, ja, sie hat Dir geglaubt, und jedes Mal wenn Du sie anschaust, betest Du dafür, dass die Traurigkeit, die meine Augen auffraß, sie nie befallen möge, denn es ist diese Scheißtraurigkeit, die Du nicht verstanden hast und von der ich Dir nie erzählt habe, die alles verbrannt hat. Sei gelassen, lebe Dein Leben, diese Traurigkeit gehört nur mir, und, weißt Du, während ich Dir schreibe, ist sie noch lebendig, und das gefällt mir, denn es bedeutet, dass auch ich noch ein wenig lebendig bin.

Ich habe *Geiseln* ursprünglich als Theaterstück geschrieben, für das Festival Paris des Femmes, das ausschließlich Autorinnen gewidmet ist.

Das Stück wurde 2015 von Christine Citti am Pariser Théâtre des Mathurins gespielt, 2016 von Marianne Basler in Bonnieux bei Agnès Varda und am Opernhaus von Vichy sowie 2019 von Anne Benoît und Tommy Luminet an der Comédie de Valence und am Théâtre du Point du Jour in Lyon.

Das Schicksal meiner Heldin hat sich immer enger mit den Geschehnissen unserer chaotischen Welt verbunden, und so habe ich eine neue Version geschrieben, die über das Theater hinausgeht, als Hommage an die Geiseln der Wirtschaft und der Liebe, die wir alle sind.

Nina Bouraoui, 2020

Titel der Originalausgabe
Otages

Nina Bouraoui
Geiseln
Roman
Aus dem Französischen
von Nathalie Rouanet
Für die deutsche Ausgabe

Löwenstraße 2, CH-8001 Zürich, Schweiz
www.elstersalis.com

Elster & Salis wird vom Bundesamt für Kultur mit einem Förderbeitrag für die Jahre 2021–2024 unterstützt.

Library of Congress Cataloging-in-Publication data
A CIP catalog record for this book has been applied for at the Library of Congress.

Bibliografische Information der Deutschen Nationalbibliothek
Die Deutsche Nationalbibliothek verzeichnet diese Publikation in der Deutschen Nationalbibliografie. Detaillierte bibliografische Daten sind im Internet über http://dnb.dnb.de abrufbar.

1. Auflage
Printed in Germany
ISBN 978-3-906903-16-3

Umschlagmotiv
Fotografie: Michel Gilgen

Nachweise
Seite 37: aus dem Chanson *Tu t'en vas*
© 1974 by Editions Musicales Bretagne, Text und Musik: Alain Barrière, Interpreten: Alain Barrière und Noëlle Cordier.
* Übersetzung des Zitats auf Seite 37: »Du gehst fort,/ so, wie die Sonne untergeht,/ wie Sommertage, die sich neigen./ Ich fühle, wie der Winter kommt,/ ich fühle Furcht und Kälte steigen./ Du gehst fort,/ die Welt ist dunkel ringsumher,/ kein Vogel singt mehr in den Zweigen.«
aus: *Du gehst fort* © 1975 by EMI, Musik und Originaltext: Alain Barrière, deutsche Übersetzung: Eckart Hachfeld, Interpreten: Adam & Eve.
Alle Zitate wurden, wo notwendig, nach bestem Wissen und Gewissen abgeklärt. Sollten wir etwas übersehen haben und es besteht ein berechtigter Anspruch auf Vergütung, bitten wir um eine Nachricht an info@elstersalis.com.

Lektorat
Eleonora Holthoff

Korrektorat
Kristina Wengorz

Satz
Peter Löffelholz

Gestaltungskonzept
Clemens Theobert Schedler, Büro für konkrete Gestaltung

Schriften
Questa Sans, entworfen von Jos Buivenga und Martin Majoor: www.thequestaproject.com
Novel, entworfen von Christoph Dunst: www.atlasfonts.com

Druck und Bindung
CPI books GmbH